狀元地

李基興、李家棟——著

推薦序

那不遠處的夢浮島

王萬象

我在臺東大學的文學教學研究生涯中，栽桃種李不知有多少，可造之材卻寥寥無幾，家棟算是個異數，像他這樣有文學才華的學生直如鳳毛麟角。我記得好幾年前，他就讀本校華語文學系的臺灣語文教師碩士在職專班，當時我指導他的碩士論文，他研究的是楊牧的《奇萊後書》，雖然篇幅不是很長，但是量少卻質精，行文相當流暢優美，頗能切中論旨之肯綮，因此獲得高分通過。就在那兩三年間，我和家棟頗有些文學交流，他是專職的國中英語教師，除了研究也能詩善文，有志於現代文學創作。後來家棟給我看過他寫的幾篇散文和一些詩作，我覺得寫得相當好，意象修辭篇章結構都很用心經營，因此也曾鼓勵他多多投稿，在文學創作方面有所展現。這幾年家棟參加了國內文學獎的比賽，例如「林榮三文學獎」、「後山文學獎」等，屢屢傳來佳績，其用心與表現令人激賞。如今家棟和他父親創作了《狀元地》散文集，將為臺東的文學地景造像，同時也讓他的散文創作更上層樓，我在此深深為他祝賀。有了這本散文集，連同之前的文學獎佳績，我深信家棟的文學創作潛力無窮，倘若持之以恆努力不懈，日後定當頭角崢嶸氣象萬千，他年風騷獨領亦未可知。

家棟和他爸爸李基興先生即將連袂出書，以十八篇或長或短的散文來書寫綠島的文學地景，他希望我能為此書作序，我本來有點猶豫，生怕有負所託，最後還是應允了。這十八篇散文由李氏父子合撰，全書的敘述者應是李基興先生，再經過家棟潤筆一番，有關綠島的地景人文，透過基興先生的童稚之眼，見證了父祖輩的生活苦辛，為我們描繪出這塊「狀元地」的風貌。從這本散文集的名稱來看，作者便彰顯出微觀的「地緣詩學」(geopoetics),其所聚焦於臺灣東南離島的地緣位置,以大湖、狀元地和溫泉來呈現綠島的特殊風貌,還有那些屬於作者私密的個人和家族的記憶。作家藉由景物的符號來交流訊息,他們將經驗與記憶中的風景顯露出來,可說是「空間感」和「自我感」的展現,其中都寄寓著深刻的歷史意義。就文學地景中的物象、經驗與記憶而言,學者陳惠英認為:「詩人重構現實,在詩中表現的空間以『地方』為中介。詩人對地方的感知與時間連在一起。在特定的時間與地方,詩人記憶的是有序的經驗。詩人對過去的感知即對地方的感知,亦即是記憶,特別是關於私有的記憶。因此,關於一個地方,即同時是關於記憶的而且是能夠敘述的。」對我來說,這本散文集具有詩質般的清澄意象,人物事件情節的敘述也十分令人動容,其所呈現的地方記憶、經驗和想像,都能夠為綠島在時間之流中造像。我們多數人平生度過的重要時刻與私密場所,往往會較年月日的時間次序來得重要,個人的體會銘記自然也更加清晰深刻。我們的記憶依憑空間才能夠留存下來,否則很快就會淡忘消逝的，地景的符號總是與日夢與夜夢交織在一起，再也分不清何者為真何者為幻，因為在我們記憶的珠寶盒裡，已然凝結著廣袤深遠的大千宇宙。加斯東．巴舍拉（Gaston Bachelard）的《空間詩學》（*LA POETIQUE DE L'ESPACE*）是一種空間原型的閱讀現象學，就中探討詩意空間與深廣意識的密切關係，作者論述了從家屋、地窖到閣樓、茅屋，從窩巢、介殼到角落、微型等種種空間的面貌和意義。對巴舍拉來說，詩的意象就是「心理上驀然浮現的立體感」，它隱藏於我們對宇宙世界的深廣意識，更具現在我們對家屋天地的「私密的浩瀚感」中。巴舍拉認為「詩意象乃是處於一清新存在狀態的徵兆」，雖然在本質上它是多樣變異的，但是這種瞬間湧出的想像語言，能夠讓思維的烏雲灑下一陣麗詞的雨點，也可以表現在時光折射中的美感。巴舍拉的詩意想像（imagination poetique）是一種超越當下的客觀存在，奔向另外一種新的生活，由是意象凌駕概念之上，使抽象的理性通過想像附著於形象思維，體現出對無限不在場之物的實在感知。

現當代散文創作呈現出千姿萬態的風采格調，其間名家固然輩出各擅勝場，他們或抒情或敘事或論說，其作品情思之蘊藉深婉，修辭技巧之多樣嫻熟，以及意境風格之自然豐美，在在值得我們加以注意。散文作品應該是作家個人真實生活的寫照，它可以反映出歷史傳承的軌跡，也可以展現出一己的思辨，也是作家人格的具體象徵，也可以用來委婉地表達情意，同時也能夠幫助我們提升生命境界。散文作者可抒寫奇情性思維，亦可敘寫其深刻的生活體驗，更可表達其學問涵養，或體現其人格情操，亦或反映其生命智慧。就散文的內容構思而言，寫景抒情敘事狀物的篇章，不外要以小見、大以少總多，納須彌於芥子，半瓣花上寄寓人情，方能細膩深刻動人。就情感審美而言，現代散文「必須抒發自己的真實情感，必須表現自己對於大千世界的真實感受，必須充分體現自己的個性，必須成為作者與讀者之間的橋樑。」散文創作因此與作者的生活息息相關，其所呈示的是作者主觀的內心感受，其所描繪的情感狀態應該是真摯無偽的。若從散文的藝術構成來看，在遣詞造句技巧和諧篇布局方面，文字須洗淨凝鍊，意象修辭要豐腴繁複，語法講求圓熟自然，篇章結構尚嚴實縝密，銜接照應當以靈活生動為依歸。《狀元地》這十八篇散文出之以潔淨流暢的文學語言，從字句段落的推敲到篇章結構的安排，雖不無經過一番深思熟慮，綠島的風土人情寫來卻如行雲流水般，顯得十分優美自在，正如荷爾德林（Johann Christian Friedrich Hölderlin）所謂「詩意的棲居」了。文學可以提供一種頗具詩意的生存方式，海德格（Martin Heidegger）引荷爾德林論詩之本質的話，他說：「溢盈了才能，但卻仍舊詩意地，人，就如此棲止在大地上。」他指出我們的實存基本上是詩意的，在這紛紛擾擾的生命旅途中，竟能「詩意地居住」（to dwell poetically），傳遞宇宙自然的訊息，為諸神與萬物的本質命名。海德格如此深刻且深具現象學色彩的闡釋，一語道破了詩與人之生存其間必然的關係，對他而言，文學不是現實世界的妝點品，亦絕非聊供娛情遣興之物，而是一種近乎先驗本質的存在意義，它是能描繪出詩意世界的偉大景觀的。

段義孚（Yi-Fu Tuan）再次思考人地關係，他曾經提出「浪漫主義地理學」（Romantic Geography），「一種既大膽想像，卻又基於現實的學問。探尋無法言說的神祕之物，超越尋常的可能性，這是浪漫主義地理學的主題。」對段氏而言，地理學所講的不僅是景觀而已，更是人性與大地的互動，他告訴我們如何探索自然和文化，深入思考卓越崇高的人文地理景觀，而浪漫主義既嚮往極致，對此不能重返的大自然，其所慕及處必是不易抵達之絕境。這本散文集除了描寫特殊的風景地貌物象之外，當然其中不免加入作者個人的情感經驗，篇章裡到處可見屬於他們自己的生命記憶，為這一殊異的時空之流剪取片段的風煙光景。李氏父子展現出相當深刻的觀察功夫，泰半作品的靈視聚焦所在不外是他們自己的家屋天地，其捕捉物象細貌的功力深厚，散文的文字明晰清澄，融合了知性與感性，大湖之夜、狀元地、蕃薯藤、土豆落花生、蓋鹿寮、老水牛、老古井、盛發號、牽馬鰛魚、釣煙仔魚、飛魚季、冰塊、颱風天、羊哥寤、小貝殼、王爺宮、阿眉山頭等等，經由他們娓娓道來莫不有情。段義孚認為：「海洋置於神的轄區之外。直到二十世紀，對於浪漫主義想像來說，海總是象徵著原始的、無法區分的流動，一種蠻荒的混沌無序。文明可以產生於其中，但也總是可以退入其中。」段氏又說：「看即是認識。但是在洋面上有何物可見呢？除非有經驗的水手，所有人只看見空茫一片。海洋之深更使人感到海洋無法認知。水有深度而陸地沒有。人溺水而死，而陸地扶持人站立。到底海洋有多深呢？直到十九世紀人們才認真測量海洋的深度。同時，人們對海洋充滿奇想。」而「海洋洶湧咆哮，波濤像怒獸般跳竄拍打。海洋似乎也能施以詭計，將船隻誘入被稱為大漩渦的致命渦流。」此書中有幾篇文章與海洋有關，捕魚敘述詳實且描寫生動，可讓讀者了解討海人的苦辛悲歡，值得在此推薦一讀。總而言之，李氏父子來自狀元地，為我們揭露那一段久遠的過去，穿越一代又一代的家族記憶，透過物象人事的摹寫刻畫，這些篇章展現出人與自然的感情，同時也訴說著個人生命的力量，以及那永不向命運屈服的堅毅形象。

寫於二〇二〇年二月五日

（王萬象，臺東大學華語文學系副教授。）

推薦序

島上的空地

馬翊航

我與家棟相識在二〇一七年夏天的臺東詩歌節，那年詩歌節的主題是「在路上」。我與他與陳柏伶被歸在青年詩人一團，當天活動分享的時候下起了雨。我們在屋簷下念詩，其他詩人與讀者在空地搭起的遮雨棚裡，雨水在念詩的人與聽詩的人之間，不知道算是阻絕還是連結，我們是在瀑內還是瀑外。午後又恢復臺東慣常的激烈陽光，也算臺東的一種普通生活。暴雨暴陽，狂風狂沙，隨時都有點鍛鍊的意味。後來幾次在臺東市區或池上碰頭，偶爾談起寫作他有強大抱負：「等我把手邊綠島這本寫完，就是綠島文學的第一人啦。」我說真的嗎？我當然期待他的寫作，但大概不小心露出半信半疑的眼神。他再次強調：「真的啦，我們綠島在地沒有出過作家。」

有人寫綠島，有人（自願或非自願地）在綠島寫作。詩人白靈在詩集《昨日之肉——金門馬祖綠島及其他》的序〈邊境與夢境〉裡曾說：「綠島再美的景致似乎前方都被放置了一道鐵窗，幾千個政治犯思想犯踩踏的綠洲山莊凹陷了我們的思維和想像，其中積疊的檔案和記憶竟有千噸那麼重，沒有一條時間的船載得動它。」獄中家書、政治犯、身體、管束與勞動……島與人曾用艱苦沉重的方式繫連。李家棟與父親李基輿在《狀元地》裡思想記憶的，是另一種綠島人的綠島。大湖人，狀元地，小地方的大事記。李基輿追憶童年時與父親天地之間走山討海，諸多經驗的刺激與啟蒙。不時出現的「序曲」、「交響」、「樂章」比喻，帶動風土的循環節奏；李家棟接龍細細牽引，記憶路徑跨越三代人，是一次跨世代捕撈、日曬、重新料理的漁獲。十八篇文章寫農耕，捕魚，掘井，造船，牽牛，建鹿寮，建廟，安魂……有土水裡積累的智慧與警戒，時間之手曾馴服的驚懼與危疑。

要寫出他們的綠島，要先為記憶定位。開篇的〈大湖之夜〉為世代居於大湖的人群畫出地圖：大湖位於小島東側、日出之處。極東的睡美人岩是神靈之地，西邊是洶湧激烈的滾水坪，溫泉一帶狹長海岸則是極陰之地。大湖恰恰座落於睡美人、滾水坪之間，李、蔡、王姓人家世居於此。「狀元地」也是「狀元地理學」，危險地貌與死亡禁忌形成邊界，夜暗與寒冬，形成日夜與季節的分段點。物質環境相對艱困的歲月，關於生與活的手藝與故事輪流登場。綠島生態文化專家林登榮在《綠島傳統地名：時光流轉中的文化密碼》曾說解「狀元地」的由來：「阿眉山腳下到大湖的尾湖海崖之間的廣大臺地稱為『狀元地』。早在一百多年前，定居於南寮的李姓先祖李順利由西南古道來到滾水仔開墾，因滾水仔附近並無淡水，生活極為不便而遷到大湖定居，但是，當時大湖土地以多為蔡姓所開發，於是，轉而上山開墾阿眉山東麓的臺地，闢成一畦畦的梯田，由於水源豐沛，一年稻米可以兩熟，成為島上主要出產稻米的糧倉之一，因此，有「狀元地」之稱號。」《狀元地》裡有更多地名的內在水氣，〈狀元地〉寫耙土、引水、施肥、育秧，文字細密如秧苗根系；〈蕃薯藤〉挖出蕃薯蘊藏之力；〈大山的故事〉寫解魚毒的紅黏土妙用；〈盛發號〉文字節節分明如造船龍骨。《狀元地》的精采，正在生活與書寫細緻手藝的綿密延展，不藏私的綠島生存指南。

生態學者陳玉峯教授曾多次造訪綠島，他在《綠島解說文本》裡感覺綠島有其「獨特的能量與氛圍」，「綠島是生猛地活著，它是靈體本身」。他基於歷史與地理（或更神祕一點的氣場）的「體」察是如此。除了描繪具體的地貌與勞動，《狀元地》也描繪可見或不可見的威脅與靈幻：深夜、野鬼，墳場，海洋，毒素，深井，颱風，岩洞。〈颱風天〉、〈羊哥窟〉、〈王爺公〉、〈阿眉山頂〉都描繪險境與傳說。生存除了探險與開拓，也需要避險與節制。這些篇章的描寫，讓《狀元地》腳踏實地、苦耕實作的生命美學，添加一層神祕色彩。這些危險事物與天地開闊的生命力形成一組對照，在「人定勝天」的意念之外，文章推進緊貼兒童之「我」的視角，是另一個值得留意的特色。《狀元地》的本質是追憶、沉浸與回溯。但正因追憶，才使得他們的綠島，不只是知識的掌握與說解、歷史的回溯與反思，而以明亮與陰暗的相照，包裹童年特有的猶疑、困惑與騷動。

這些篇章下的記憶景觀各有不同的光度與焦點，但當鏡頭來到〈蓋鹿寮〉，對飲食感興趣的讀者們，必然被精采的在地食材料理深深吸引：在來米與花生磨成的「豆頭」、焦香的芡粿、飛魚乾炒肥豬肉蒜苗、章魚乾炒肥豬肉絲、丁香魚炒花生、豆頭炒林投……芡粿、魚粽是當今旅人嚐鮮的「風味餐」，但唯有在食材、天候時節交互纏繞，味覺與勞動相互補足之處，才見其內在豐饒飽足。《狀元地》中的篇章場景看似不斷「創造」，使讀者想像滋味，可聞可見簇新的建材與香氣。但轉念一想，那並非創造，而是生活的內裡。故事裡的人可否有「享用」的餘暇？那些令人嘆為觀止的編織，其實正是潛入時光後難以迴避的，日常的重量與密度。寫作即是撈捕與篩除，家棟與父親合織的細網，顯現出的精密細膩，像某種可供模擬、重現的「譜」。但在細節的情趣之後，是「不願忘卻」的慎重。網是過濾，也是連結，《狀元地》裡有循環往復的天地哲學，〈大湖之夜〉中人與魚、海洋、環境的拚搏，換取與平衡，父子經驗的聯繫，夏曼．藍波安的《冷海情深》中我們也曾見過。我在閱讀時，也忍不住去猜測捕捉，哪些文句顯露家棟的語氣拿捏，那些是李基與校長記憶的本色質地？我們可能也好奇，作為綠島子弟的家棟是怎麼長大的？時間繼續在走，若以家棟的眼睛來看，狀元之地、大湖之夜，在年復一年的落成晴雨之後，今天又如何？也許未來那將成為父子的另一張網，為我們撈捕更多。

我們在李喬的番仔林、陳黎的花蓮港街、陳淑瑤的澎湖、甘耀明的關牛窩、楊富閔的大內之後，多了綠島李家的狀元地。楊富閔在《我的媽媽欠栽培：解嚴後臺灣囝仔心靈小史》裡寫〈我的小學教育〉，當我們出身偏鄉，如何在小地方度過小學時光，如何形成自己的小天地、小學問？是童年的重尋與重塑，也在時間的午睡與課表中，讓自己邊「小」、邊「學」。閱讀家棟與父親的《狀元地》，也有機會讓我們當綠島的見習生，在土水裡變小、變深，走到島上的空地，再打卡一次。

（馬翊航，《幼獅文藝》主編。）

目錄

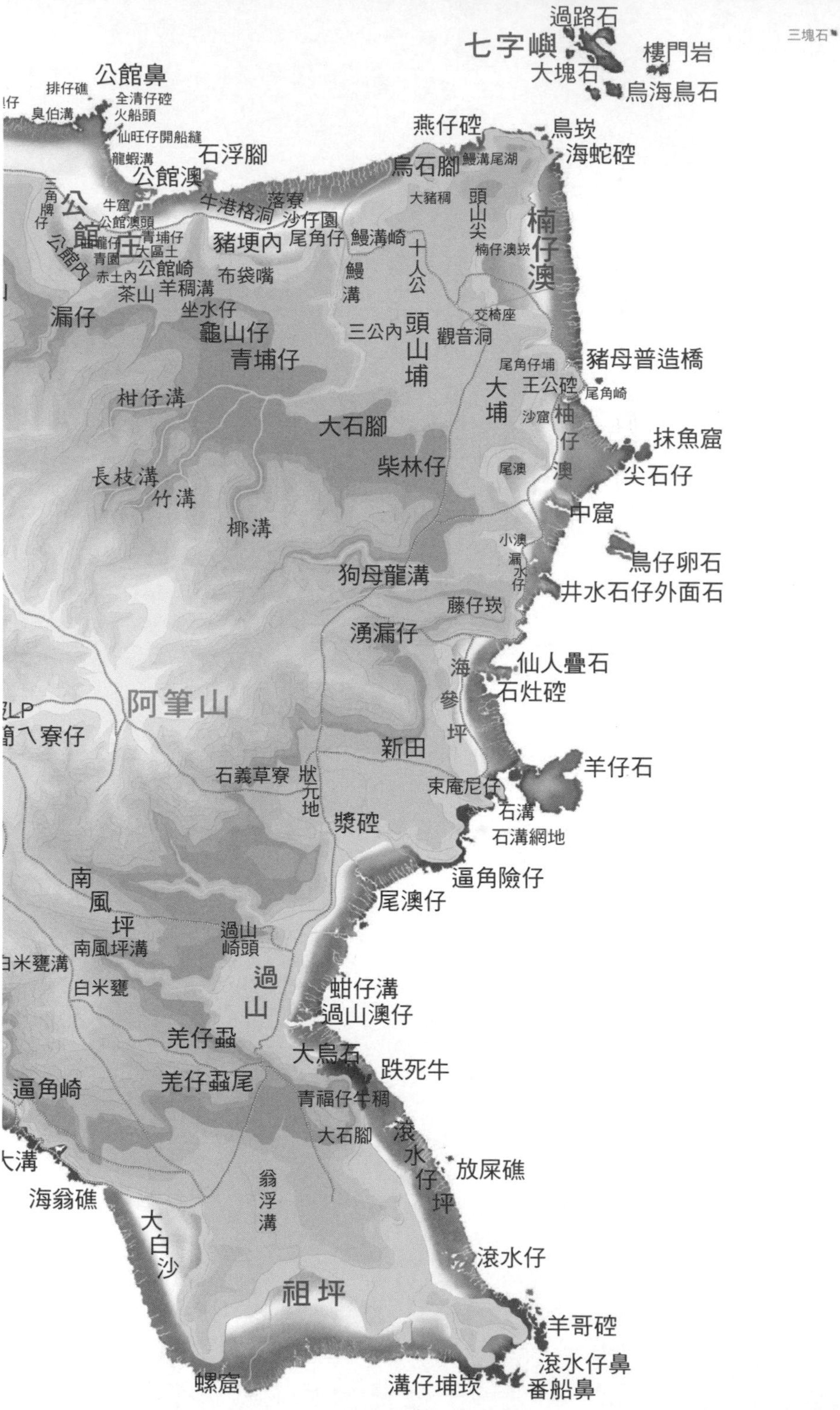

過路石
七字嶼
三塊石
樓門岩
大塊石
烏海烏石
公館鼻
排仔礁
臭伯溝
全清仔硿
火船頭
仙旺仔開船縫
龍蝦溝
石浮腳
公館澳
燕仔硿
烏崁
海蛇硿
鰻溝尾湖
烏石腳
三角牌仔
公館
牛窟
公館澳頭
青埔仔
大區土
公館內
赤土內
公館崎
茶山
羊稠溝
牛港格洞
落寮
沙仔園
豬埂內
尾角仔
鰻溝崎
大豬稠
頭山尖
楠仔澳崁
十人公
楠仔澳
布袋嘴
鰻溝
漏仔
坐水仔
龜山仔
青埔仔
三公內
頭山埔
觀音洞
交椅座
尾角仔埔
豬母普造橋
王公硿
尾角崎
大埔
沙窟
柚仔澳
柑仔溝
大石腳
抹魚窟
尖石仔
柴林仔
尾澳
長枝溝
竹溝
椰溝
中窟
小澳
漏水仔
鳥仔卵石
狗母龍溝
井水石仔外面石
藤仔崁
湧漏仔
海參坪
仙人疊石
石灶硿
阿筆山
新田
羊仔石
石義草寮
狀元地
東庵尼仔
石溝
漿硿
石溝網地
逼角險仔
南風坪
尾澳仔
過山崎頭
南風坪溝
白米甕
過山
蚶仔溝
過山澳仔
羌仔蝨
大烏石
跌死牛
逼角崎
羌仔蝨尾
青福仔牛稠
大石腳
滾水仔坪
放屎礁
翁浮溝
海翁礁
大白沙
滾水仔
祖坪
羊哥硿
滾水仔鼻
螺窟
溝仔埔崁
番船鼻

大石凸頭
浮礁
排仔礁
過鼻澳仔
臭伯溝
大窟
紫菜石
烏仔山
烏魚窟
中寮澳
魚仔溝肚
魚仔溝
浮石仔
芭蕉窟
白石口
燈樓
下坪
中寮澳頭
青窟
柴口澳
三角牌仔
公館
鼻頭澳
田仔墘
山仔腳
頂厝
凸尖
鼻頭
田仔
溼地
山仔頭
下厝
下屏厝
柴口
公館內
豬灶
金針腳
中寮庄
頂屏厝
水窟底
觀亭湖
鼻仔
燒
相打園
牛仔山
金
內
柴內
漏仔
崩水口
短崎
長崎
青仔溝
漏仔
青窟
羊崎
衙門
草埔
神社
雙叉路
船澳仔
南
寮
庄
勝財澳仔
清仔手
內
路
黑石仔
下
頭
牛稠門
三
斗火
牛窟仔
店仔頭
南寮澳頭
中塊石
南寮澳
店仔溝
腳白寮
藤鼠溝內
(田薯溝內)
拚破LP
寮仔口牛肚石
石朗溝
簡ㄟ寮仔
石
人
石朗澳仔
羊哥溝
山尖
南
龜灣漏仔
狗硿
鼻仔頭
白米甕溝
南
龜灣崁
白
龜灣鼻
正澳
龜
灣
蔦陣大
假澳
逼角崎
龜灣肚
大溝
海翁礁

綠島古地圖（李義財繪製）

第一章　大湖之夜

大湖[1]

大湖，在海島的東側，也是島上第一個看見太陽升起的地方。盛夏的第一道曙光，總是迫不及待地在睡夢中，就開始敲打著人們的夢境，催促著島上的人們醒來。生活的節奏，全依著這道晨曦開始……

1　大湖是綠島海底溫泉一帶早期的地名，現在均以溫泉稱之。湖，有平原的意思。

當陽光從海的另一端，爬過廣袤的洋面，在浪尖閃爍，在海平面飄起五色交織的光芒時，最先被告知天亮的地方，就是睡美人。父親說，睡美人是大湖的極東之地，神靈居住的地方；傳說是這樣敘述著——隔著睡美人，礁石還有小山的背面，八仙曾經住過那裡，留下的神蹟依然沒有被時光磨去，還留在小島人的記憶裡，留在口耳相傳的傳說之中。許多故事發生在那裡，像海風裡悠揚的聲音，述說著大湖人心中的崇拜。

大湖的西邊是滾水坪。黑潮在這裡路過，強烈的洋流日以繼夜地沖激著突出的海岬，深藍的海面漂滿泡沫，將滾水坪煮成一片永恆沸騰的海。再更外面則是突然遽降、深墜不可見底的大洋，深藍近黑的海水藏著平靜的洶湧，柔順的表象底下水流混亂，像藏著迷惑水手的陷阱，吞噬過許多路經的船隻，許多漁人也永遠地被留下。

而礁岩邊有一處溫泉，至今名稱沒有改變過，便是朝日溫泉。

溫泉一帶狹長的海岸，是極陰之地，大湖人的先祖通通長眠於此，是死者凝視的國度，連海風，都帶著嗚咽。大湖與滾水坪海岸之間，隔著一塊宛如巨

睡美人是大湖的極東之地，神靈居住的地方。

犬的大石，將陰陽兩界劃分開來，人與靈、生與死，日夜分隔著。父親總是慎重地交代我，不論白天晚上，都不可越過那塊巨石到滾水坪，因為那裡是亡靈的國度，鬼魂居住的地方。而那塊大石就像招魂幡，永恆地立在那裡，在生者與死者圍繞之處，歷經風化依然見證大湖人所有的生與死，晦暗一如天將明的渾沌顏色。

大湖剛好就座落在睡美人和滾水坪之間，夾在神靈與鬼魂之間，被包圍形成一個小小的岸邊盆地；而人煙、細沙與碎石便是這塊土地的靈魂。李、蔡、王姓幾戶人家世代散居於此。早期的大湖並不平靜，時有山精魍魎作祟，死了很多人。在那段不平靜的歲月裡，父執輩們不遠千里，越洋到東港請來一位大師父，在大湖正中央的半山腰上，立了一塊南無阿彌陀佛碑，鎮住了邪祟，保護了每位住在大湖的人。每逢初一、十五，大湖人都要虔敬地焚香祭拜，佛碑因而成了大湖的精神中心。當陽光閃耀在佛碑之上，似有菩薩慈悲低眉的輪廓一閃而過，鎮住了大山陰影裡那些遙遠的惡夢。

夏季的熱浪總是從晨曦中就開始襲來。又矮又小的咕咾石屋四散在大湖中央，規矩地向南方排列。因為小島的夏季颱風頻繁的緣故，門窗特別小，屋頂還要壓幾塊咕咾石。夏夜的熱浪悶住整個咕咾石屋，將人們趕到屋外，我喜歡睡在屋外，以天地為席，與大自然共織一場美夢。山風恆吹向海的那一邊，黝黑的皮膚上結滿層層疊疊的露珠，雖然有幾隻蚊蟲作怪，但也換來清涼的一夜好眠。隨著東方露出魚肚白，陽光隨時在催促著一天的開始，大湖人的生活，全都跳躍在陽光的節奏中。

太陽和月亮是生活的中心，在沒有電的年代裡，微弱的煤油燈只有在冬季才能使用，大湖這裡沒有道路通往大山的另外一邊，唯一的通道，僅能依靠退潮時才會露出的海邊小路，萬一遇到天氣惡劣的時候，只能走過山小道，才能去往山的背面。南寮，就在山的背面，朝向臺東的方向，是綠島最大的村子。

大湖東邊的尾仔湖散著幾塊沙地，連接著大湖山邊的那些土石地，山與海在這裡相遇，共譜大湖人生活的序曲。白天，沙地上的土豆和蕃薯田裡有做不完的工作，從早春到夏季剛好一季，除了收成外，還有一樣重要的工作就是保存。大太陽下，沒有一個人可以閒著，曬土豆、曬地瓜簽，一忙起來就是好幾日，所有可以勞動的人口都要投入，連五、六歲的小孩都要參加——在那個艱苦的年代裡，那就是生活中的大事，大湖人的重心，是不能迴避的辛苦。

大湖的夜晚，在一片漆黑中，因為黑暗，所以把整片世界變成神祕的未知。大地彷彿停止了呼吸，萬物失去色彩，視覺因而失去作用；只有天際恆久閃爍的星光，還有蟲鳴聲，伴隨著島嶼靜靜地躺在大海的懷抱中。闃靜的夜裡，長浪拍打海岸的節奏穿越了風聲，顯得特別清晰。但是沒有人會在夜裡走動，因為夜晚始終讓信仰的深處泛起騷動、不安；夜，是連半山那塊佛祖碑都鎮壓不住的巨大空虛。因為看不到，所以島嶼被黑暗主宰——隔著那塊宛如巨犬的大石，鬼魅就在那裡。

姊夫是村中的乩童，他在一個晦暗的傍晚，看到一個個往生的親人，在日落將滅的餘燼中，從墳地走向滾水坪的礁岩，然後消失，沉默的身影消失在海浪泛起的霧氣裡，在那道招魂幡之後，那個唯有死者方能踏足之地。姊夫的話像層層擴散開來的漣漪，撩撥起大湖人最敏感纖細的神經，導致這整起事件餘波蕩漾，整整在大湖發酵了好幾個月，成了大家耳語裡不能言及的祕密禁忌；

像令人戰慄的夜風，在黑暗裡低吟，連夜裡本該皎潔的月色，都因而蒙上幾分陰沉詭異，在那個沒有電燈的年代，一天因而只剩下半天可用；因為夜，是大家不敢越過的禁忌……

大湖的小澳[2]在村子的南邊，隔著那塊巨岩與滾水坪相連。小澳只能容納少數的舢舨和一艘十六匹馬力的小木船停靠，而且僅能在夏季，因為一旦冬季來了，東北季風會掀起巨浪封住小澳，巨風乘著長長的浪，自海的另一端呼嘯而來，用力地撞擊海岸，倒灌進小澳內，海面因而漂滿細碎骯髒的泡沫，空中瀰漫著水霧，恍若漫天的劫灰。冬季那騷動不止的混亂海面，是長達半年的禁令，沒有人可以逾越。

2 早期綠島人稱呼港灣為澳仔。

夜釣

母親連續生了五個女孩，沒有生下男孩，被父親引為遺憾，因為女孩是漁船的禁忌，不能上船的，假如船上有女人的話，便會釣不到魚。所以當我終於出生的時候，全家都歡喜得不得了，因此我從學會游泳開始，便陪著父親坐上舢舨船出海釣魚。

父親那艘小舢舨是黑色的，外殼塗滿了瀝青防水，不到十公尺長，輕快一如水鳥。船首兩隻大大的木眼睛，用來看破一切迷霧，指引漁夫方向，還有閃避水中鬼魂、凝視洋面下的魚群的功能。眼睛旁各漆上一塊大紅色，是吉利的象徵。小舢舨有兩隻木槳，左槳向前划動，右槳則用來控制方向，兩隻槳一起划起來，小舢舨就在一搖一擺中向前走，彷彿在潮水中遲疑地踱步那般，搖晃地飄在洋面上。

在馬鰮魚豐收的早晨，父親都會留下最新鮮的幾隻，用繩子從尾巴綁好後投入十幾公尺的深井中倒掛著，因為井裡溫度較低，用來抵擋時間的腳步，好好地保存馬鰮的鮮度。而馬鰮，是準備晚上出海釣紅雞魚的餌料。

夜釣是很慎重的事。下午一到，就把井中湃著的馬鰮魚拉起來，順著魚背脊的線條，一塊塊地切成細細的長條，再加一點鹽巴稍微脫水，讓魚肉既不會太爛又硬一點，才方便拿來勾在魚鉤上，用來釣紅雞魚再好也不過了。

大湖兩側分別有座突出的海岬，黑潮在這裡罕見地溫柔畫上一條半圓的直線，形成一個湖灣——這是大湖漁人們討海的圈子，沒有激流，風勢也較小，不會有掀翻小舢舨的風浪。這是綠島像母親一樣，跟大洋，還有黑潮討價還價爭來的一方小小的安寧天地；整個夏季，大湖人們的舢舨船就在這方平緩的水域中活動，坐船出海的時候，背後的阿眉山投下巨大的陰影，彷彿綠島母性的眼神，溫柔地照拂著大湖的漁人們。

第一次登上舢舨船，是在我六歲那一年。

一大早父親就告知我：「今晚跟我出海釣魚。」語氣平緩得猶如遠方安靜的洋面。與父親平淡的語氣相反，我幼小的心靈頓時被雀躍及興奮給點燃。從我有記憶起，每天站在澳仔邊看點點歸航的漁船，那些漁人身手矯健的身影、一條條讓人羨煞的大魚，從大海裡來。我想到成群結隊、川流不息的大魚，尤其是那隻會變藍色的芭蕉旗魚，在深藍色的洋流裡迅捷的剪影；還有澳邊堆積成小山的馬鰮魚，魚鱗在陽光下熠熠生輝；以及會飛的飛魚，從水裡到天空拉出一條條像天際的弧線，激起潔白的水花及泡沫……一股衝動轉變成幻想，今晚我一定要親自抓到牠！

下午五點多，終於讓我盼到了出澳的時間了。太陽還高高掛在西邊的山頂，我帶著興奮的神情、簡單的一籃魚線、幾隻魚鉤、父親自己做的天秤加上手工鉛錘，還有湃在井底切好的那些馬鰮魚餌。父親讓我幫忙扛著那具簡單的木錨——勾字形的三根木頭後頭綁上一塊大石頭，對於年幼的我而言扛起來非常吃力。

我扛著它一路跌跌撞撞地走過通往澳邊的那段小路，咬緊牙根終於把它一鼓作氣放到舢舨的大眼睛上頭。歇了一口氣之後，接著父子合力把船給推下水。我們先聯手從舢舨的後側兩個角把船尾扛在肩上，一齊用力一推，結果船沒下水，卻因為用力不均而歪向一邊；幸好旁邊有位大伯幫忙，把船順利給推下水。父親看著我，沒有責備的口吻，只有無奈的眼神。

小舢舨順利下水後，終於到了離澳出航的時間。我爬上小舢舨的船頭，父親左右搖起那兩隻木槳，蕩起嘎啦嘎啦的水聲，吹起航行的節奏，一搖一擺的破浪，輕巧的像水面的鷗鳥，翱翔出澳灣。離了平靜的小澳後，洋流上海浪開始擺盪起來，小舢舨的船頭指向睡美人的方向，如同百歲老翁般碎步向前，夾著井然有序的槳聲，顛簸地走向美人礁下的小澳。

父親划行了很長一段時間，終於來到羊哥窟前方的海域，他把小舢舨停了下來，測試了一下洋流的方向，掉轉船頭，使它指向海流流過來的方向。我趴在船頭興奮地看著夕陽將洋面染成鮮豔的橘金色，突然聽到船後方傳來，父親叫我把木錨推下海的指令——因為太重，我使盡了吃奶的力氣，才艱難地把木錨給推了出去。木錨拉扯著錨繩，很快地到達海底，接著父親走過來船首，將錨繩給綁好、拴牢。小舢舨終於穩穩地停駐在東邊的灣澳中，隨著洋流的節奏輕輕地擺盪。這是今晚的釣點。

隨著夕陽躲進山頭裡，餘暉染紅了東邊的水域，海面每個小小的浪尖就像成千上萬的鏡子一樣，反射著五光十色的彩暉。接著夕陽進一步地完全沉沒，如同焚燬那般，海的顏色變了，由金色轉成藍色，再變為黑色，阿眉山的輪廓模糊成僅剩剪影，大海上漸漸地伸手不見五指，父親在船尾的身影遂變為黑烏烏的一團。眼睛還沒適應這突然的黑暗，只聽得見海風、洋流的聲音，低微的像夜色裡細碎的嗚咽。

暗夜裡海平面開始不時地閃爍著點點螢光，介於明滅之間，順著海流漫無目的地漂蕩四方。我第一次看到漂浮的螢光，心中湧起了極大的戰慄——大湖人的傳說中，螢光是鬼魂的化身。此刻的海裡，是不是正躲著成千上萬的鬼魂，自水面下幽幽地仰望、凝視著我？黑夜裡的大海完全不似白天時的溫柔，改成一副森然的面孔，遠方滾水坪那塊巨石，如鬼魅般露出了凶猛的臉孔，正惡狠狠地盯住我們。此刻的大洋，彷彿有百千遊魂漂蕩身旁，黑夜裡頭，正是陰司降臨的魔性時刻，讓人不寒而慄。

我的心中漸漸被層層的恐懼所纏繞，幾乎扼住我的呼吸，急促的心跳在低低的潮聲中顯得清晰。我刻意轉過頭不去注視滾水坪的方向，將視線移到背後的睡美人礁，看見她夜色裡朦朧的線條，有微弱的星輝鑲嵌其上，溫柔的側臉在天際勾出美麗的曲線，親切地凝視著我。我突然瞭解，為何父親會將小船划向這裡，原來是因為這道神性的目光，鎮住了遊蕩的鬼魂。這裡，是諸神佇立之地。我突然感到心安，長長地吁出一口氣，胸臆間豁然開朗。

我坐在船頭，看父親在夜色裡模糊的身影，正在用老漁人熟悉而明快的手法，給滾仔[3]鉤上魚餌，再「噗通」一聲投入海裡。鉛錘拖住那根粗粗的釣繩，毫不遲疑地直往海底鑽去，「喀啦」一聲，提醒漁人鉛錘已經打底了之後，再垂直拉起兩三噚，免得掛底。

父親一手拉住滾仔這端，上上下下地擺動，全憑手指間的觸感，來判斷線上傳來細微的震動，到底是潮水的擺布，還是魚兒咬餌的魚汛。這種原始的釣

3 滾仔，是早期綠島漁夫釣魚的簡單工具，由好幾束細線絞成一根魚繩，綁上魚鉤即成滾仔。

法直觀又快速，一上一下之間持續著一種單調的節奏，而等待，也是一種技術，等待潮水能否給漁人帶來運氣。

在漆黑的大洋之上，父親施展耐心，等待屬於他的海相和運氣——是否今晚的魚兒已吃飽？等待下一個換潮微妙的時間點，尤其在這種漆黑的夜晚，水面下分層湧動的洋流及海水也應該一般漆黑無光，人與魚，在兩個宇宙內隔著一條滾仔鬥智鬥力。我知道父親心裡應該只有單純想著，等待是為了明天需要的那一餐。等待再等待，重複再重複，那些上上下下的動作，還有時刻不停輕微晃動的滾仔。

時間在浪潮規律的節奏中流逝著，舢舨上的露水隨著夜暮深沉而越來越重，沾濕了大小漁人的衣服，漸漸地一股寒意隨著夜風吹襲上心頭。我坐在船頭，依在那兩隻木眼睛旁，因年幼還是對黑暗感到恐懼，而父親只是沉默地進行他單調的垂釣。我因此伸手向外緊緊抓住那隻木眼睛，想到他會替我看住波浪下的鬼魂，保護我不受傷害，加上父親忙碌的身影遮擋住來自滾水坪那道可怖的目光，總算給我帶來一絲心靈的安定。但儘管如此，還是有一絲寒意無法自心頭抹去。

突然間，整艘舢舨船開始劇烈地前後搖動、左右搖擺。錨繩開始嘎嘎作響，使人感到巨大的恐慌，是大海的鬼魂開始作祟了嗎？

但是海面的螢光消失了，象徵著那些在海中的鬼魂被喚走了嗎？這一切疑惑沒有人給我解答。第一次出海的我禁不起這樣的搖晃，我腦中開始感到天旋地轉，耳蝸中開始嗡嗡作響，腹中好像有一隻手在翻攪著我的胃一般。直到我再也忍耐不住，突然「哇！」一聲，一股腦把下午吃下的那些鹹魚、地瓜簽全往船上吐了出來。

此刻我心中除了不適，更多的反而是恐慌，以為這一切都是海裡的遊魂在作怪，一想至此，心裡更加地害怕了起來。父親在船尾逕自地忙著，沒有絲毫要管我的意思，只是自己拉扯著那根連接到海底的滾仔繩。此際我心裡有千百個問號迴盪，感到既恐慌又孤立，昏沉的頭殼，四周看不見的無際黑暗，身處在不著岸的無邊大洋中，覺得四周黑暗裡即將會有不可預知的事件向我襲來。沒有人來向我解釋這一切的疑惑、害怕。沒有人。

海雞母

「換潮了！」此時一夜不曾說過一句話的父親，突然興奮地喃喃說出這三個字。

船邊的海流經過一陣突然急促的流動之後，開始緩慢了下來，那根錨繩也不再嘎啦作響，船身的晃動也穩了下來，可以清晰地感覺到一切，就這麼放緩了步調，溫柔了起來，這是魔鬼退去的時間點。

突然間，父親手中的滾仔繩驟然緊繃，拉出一條俐落的直線。釣繩激烈地摩擦著船舷，發出嘈雜的「嗡嗡」聲。在這緊張的節奏催促下，父親一揚手，第一尾紅雞仔就這樣被拉上船，在船底「劈哩啪啦」地劇烈彈跳著。

我在夜色裡看不清楚牠美麗的身影，但是可以猜到，應該是一條漂亮的目標魚，有尖尖的大嘴，圓滾滾又豐滿的身材，穿著一件張揚又高調的棗紅色大衣，有著最細緻的肉質——牠是大湖每個漁人都想釣到的目標。

第一尾紅雞仔彷彿點燃了父親的運氣一般，接下來父親又乘著這股氣勢，一連拉起好幾條紅雞仔。將最後一條紅雞仔自鉤上解下後，此時小船上的一切又恢復平靜，夜看起來又更深沉了一些，而自岸邊傳來的浪潮聲似乎更顯清晰。天際線的輪廓，在夜暮低垂下緩緩轉動著，船底幾隻帶點螢光，身形圓厚的紅雞仔靜靜躺著，這是父親今晚第一批收穫。

「換個地點吧！」父親搖搖晃晃地走到船頭，身影在夜色裡像極了酩酊的人，使盡力氣猛然一把拉起那根錨繩。

在一拉一放之間，咬住海底礁岩的木錨鬆開了。父親將粗大的錨繩一捆一捆拉起收好。接著他在黑暗中憑著精準的直覺，船首依舊對準東方，將小船划到一塊海中矗立的礁岩附近。

這裡看起來離岸更遠了，小船在巨大的礁岩旁看起來更加渺小。如果在白天，從大湖村的任何一個點都可以直接看到這塊沉水礁岩的巨大身影，彷彿天然立在海裡的燈塔一樣醒目，又或者像一艘漂在海上，永不沉沒的大船，堅毅的身影永恆地抵抗著黑潮，充滿著神祕感。沉水礁附近的水較深，海流更加詭祕莫測，黑潮摩擦著它，在夜裡飄出神祕的雪白浪花及泡沫。我將木錨順利地推進海底鉤住整艘船，船因而停了下來，一切又回到等待的循環之中。

父親說，這次要釣海雞母魚，魚身可以大到一個小孩那麼高。

小船在這裡吃水深了許多——在漁人的經驗中，水越深魚就越大。可以預見父親一定會在此換一個較大的勾子還有較粗的釣繩，來跟大魚好好地鬥一鬥。而水越深，漁人拉動釣繩就會越吃力，因為拉起釣繩需要更多的時間及力量。

這是個讓父親滿懷希望的釣點。冗長的等待中沒有任何魚汛，父親耐心地在釣繩載浮載沉中等待著，偶爾抬頭凝視頭頂無邊的蒼穹，黑壓壓地壓住大地。此刻的山海並沒有界線，一切彷彿歸到世界初開的混沌。大礁在夜裡變得巨大而面目猙獰，幾隻鷗鳥偶爾發出蕭瑟的叫聲，像夜裡的鬼哭，讓人聽了起雞皮疙瘩。

「小舢舨太渺小了，要被這塊猙獰的巨礁吞噬，顯得實在太容易了。」我這樣想著，一邊警醒地凝視著它，以防萬一有什麼狀況，可以立刻告訴在船尾的父親。

而時間在我的不安中擺盪著，夜越來越深了。

突然一陣騷動傳來，突兀地劃過寂靜的夜。釣繩突然咻咻地飛快被拉著跑入海裡，在毫無預警中，父親根本無法止住這根跳動的魚線。

「中大條的！」

黑暗中忽然傳來父親顫抖的語音，顯示了他既興奮又緊張的心情。他被這條大魚拉住，直往海裡傾斜，從我這裡看過去，只看到他緊繃的背影，似乎所有的力氣，都用來拉住那根細細的魚繩。我不敢靠過去，因為狹窄的船體此時晃得太厲害，讓我連站都站不穩。

父親手中的線，好不容易收回來一點，又突然被猛力地扯出去。出繩出得太厲害了，變成一波波頑強的拉鋸。釣繩被海中那神祕的龐然大物越扯越遠，斜掛在海中，釣線因而沒有絲毫放鬆的跡象，因緊繃而發出哀嚎。海裡的大魚像一尾蠻牛橫衝直撞，父親站在船尾的滾仔堆裡，一片狼藉。

在這一片兵荒馬亂之中，父親依然有條不紊地，用他成熟的技術及經驗，判斷何時該順勢放開緊繃到極點的釣線，以免拉斷——跟大魚搏鬥的經驗是靠累積而來的，父親是老練的討海人，擁有這樣的技術自然不在話下。

然而這獵物實在太超乎想像地大了，在不斷的你拉我放，你停我拉的情況下，持續了很長一段時間，大魚依然沒有放棄抵抗的打算，似乎還有用不完的精力，藏在深黑海面下的魚體沒有絲毫想要露面的打算。牠靠著體力及對洋流的借力使力，不斷掙扎想擺脫釣鉤的束縛——牠的力氣還很大，父親雖然已筋疲力竭，卻依然牢牢地死命抓住那根釣繩。

魚和人的搏鬥還在持續中，而今晚的勝負全在此……

緊繃的拉扯沒有停下來的跡象，父親手中的魚繩更是不能絲毫鬆懈，讓大魚有脫鉤的機會。這到底是條什麼魚呢？為何力量會這麼大？一切的疑問在我心中盤旋，好像水裡泛起的漩渦一樣。

時間不留情地折磨著漁人及大魚，父親已經筋疲力竭了，只靠著心裡不服輸的一口氣在勉強撐著。幸好在此時終於漸漸地可以感受到，大魚的掙扎慢慢地在減弱當中，透過指尖的魚線，可以清晰地感受到，每一次的拉扯都透露出大魚的疲憊，失去了剛才橫衝直闖的那股蠻勁——漁人期盼已久的機會終於來臨！

父親乘勢突然鼓起剩餘的力氣，飛快地拉起魚繩，魚繩在他指梢感覺時而沉重時而輕緩，一拉一扯中，大魚拉扯的力道再度變小，再過個幾嗝就能看到魚了！

但是就在此時，異變陡生！大魚突然一反先前往海裡猛拉的勢頭，發瘋似地直往海面上竄！父親手中的釣繩突然一鬆，遽然的改變讓他進退失據，手感盡失！整個人往後退了幾步才勉力站好。

海面倏地激起一個大漩渦，我在黑暗中隱約看到一個超級巨大的身影閃過，牠隔著海面曇花一現後，又掉頭往海裡直闖。巨大的力量突然又在釣繩上復活，父親被拉得一個趔趄，險些從船上跌落。釣繩咻咻聲又起，飛快地被吞入深海中。

或許是迴光返照，巨魚在休息後的再次搏鬥，殘酷地撕扯著漁人僅剩不多的耐力。一拉一扯的決鬥，在伸手不見五指的海面上，悄然地進行著，只有魚線時而緊繃時而放鬆的微小聲響，及海面彈跳的水花聲，在見證著這場生與死的拔河。

不知道折騰了多久，大魚終於喪失了所有的力氣，被慢慢拉上海面。一個短而肥胖的巨大身影浮現在船邊，牠張著大嘴，搧著巨大的尾鰭，偶爾在水裡虛弱地打幾個旋，似乎在為抵抗最終的結局，盡一份徒勞的力。

「總算到手了！」父親一手拉住釣繩，一手抓起大勾直往魚腹猛力鉤下，吃力地將魚身給拖到舢舨船中央的位置——因為這裡的船舷離水最低，才方便將魚給拖上船來。

父親兩手並用，使勁地把這條巨魚給拉上船。巨魚在艙底艱難地掙扎呼吸，鰓蓋還有嘴巴急遽地歙張著，尾鰭霹啪地敲打船殼，小舢舨因而被弄得搖搖晃晃。牠花花的臉頰在灰暗中閃出幾縷螢輝的光澤，巨大的魚嘴、肥胖的魚身，原來這就是傳說中的海雞母魚。

牠既美麗又莊嚴的巨大魚軀毫無保留地橫陳在我面前，體長快接近一個小孩的身高。我第一次體會到造物的神妙，漆黑的深海中，竟然居住著這麼美麗神妙的動物……

返航

父親在戰勝大魚後，精疲力竭，動作也隨之緩慢下來。他吃力地拉起錨繩，搖起跨船後角上的雙槳，一搖一擺地轉動船頭，嘎啦嘎啦的槳聲又起，小舢舨在夜色裡緩緩掉頭，搖晃著開始尋找回家的路。天空中那幾顆最閃亮的星星已經掛在頭頂，出航迄今已經花了多久時間，沒人知曉，只有潮水替我們記錄著。

船頭傳來破浪的聲音，背對著滾水坪那塊鬼魅般的巨石，一旁是沒有邊際的海洋，僅能憑著岸邊奇形怪狀的礁石當成指路的座標，我只知道我們漸漸遠離睡美人，而前方，就是澳仔的方向。

繞過最後一塊巨石，小澳終於在眼前。父親在夜色裡，謹慎地把船停了一下，用直覺尋找回澳仔的安全航道，以避開水裡眾多的暗礁。船慢了下來，浪花反射著微弱的星光而泛白，父親警惕地觀察水面的浪花——澳口很小，航道上頭沒有飄白的浪花。小舢舨在父親小心地操縱下，順著兩邊碎浪的推擠，隨著一陣「咔喇」的沙沙聲響起，船底觸到澳底的沙灘了！終於回到澳仔了！

父親跳下舢舨，滿意寫在他的臉頰上，送上了今晚的第三句話：「今晚有你去真好。」

午夜時分，村中大部分的人已陷入深夢中。父親用一根竹竿從魚鰓穿過，讓我抬著一端走在前面，他走在後頭。父子倆踏著碎步走上回家的路。我們在夜色裡經過岸邊的碎石坡，大小不等硌腳的礁石，讓歸路顯得艱辛。踩在沙礫的腳步聲驚動村裡那幾隻黑狗，拚命地狂吠。穿過岸邊林投林的小路，摸黑路過幾個咕咾石屋的轉角，家，終於到了。

我們父子倆放下肩上的巨魚，鬆了一口氣。此時出來迎接我們的是母親，她提著一盞微弱的小煤油燈，在搖曳的燈火下看見那條短胖肥大的海雞母魚時，倒抽了一口氣，嘴裡不時發出「厲害」兩個字，然後轉身進廚房取出常用的那把魚刀。

儘管滿身的疲累，殺魚的工作還是必須由父親來執刀，因為海雞母魚巨大又堅硬的魚骨，不是婦道人家的力氣可以剖開的。父親先用刀背逆向刮除大魚的鱗片，一刀刀艱難地刮著。海雞母魚的鱗片很巨大，需要來回刮上好幾次才刮得下來。巨大的鱗片發出「喀喀」的聲響，隨著父親刀背過後四處彈跳。大大的鱗片，藍色中夾著一抹黃色，在煤油燈幽微的照射下閃著美麗的神祕光澤，尤其那張帶著色彩的花臉，在豆燈搖曳中更顯得別致。

幾十斤的大魚，處理起來真的很不簡單。海島人剖魚，習慣上都先從魚背剖成兩半，以利後續的加工保存。因為魚身實在太大了，需要兩人幫忙剁開大魚的頭部，再把骨頭和魚肉仔細地分開。肥厚的肉身，被整齊地切成片狀，母親一旁接手後立即用粗鹽抹上魚肉，將魚肉醃了起來，準備明天來曬魚乾。

剩下的魚頭還有骨頭被剁成大塊，準備拿去煮魚湯。不同的部位都被妥善地分開處理、放置，如此一來才可以好好利用每個部位，絲毫都不浪費，這是討海人尊敬大海，尊敬得來不易的食物的好習慣。

深夜時分，灶上的水已滾開，乾柴在土灶中發出燦爛的火光。母親把魚頭、魚骨全部放入滾水中，簡單的加點鹽巴滾熟，再撈去表面的浮沫。大灶散發的柴煙香氣，飄入魚、鹽、清水混合成的大海鮮味裡，給魚湯增添了一股溫暖的煙火氣，勾起人們的饞蟲。姊姊們在睡夢中聞到四散的香味，紛紛睜開惺忪的睡眼，自睡夢中醒來，一起來享受這隻海雞母的盛宴。

天然的鹽味在舌間轉化成一股自然的甘甜，喚醒我們深層的飢餓，淡淡的魚腥味在味蕾轉化成最美麗的花朵。我啃著頭骨，舌尖貪婪地搜尋著，不放過任何一絲魚肉，這大海的果實既美麗又令人滿足；午夜的大餐取代了明天的早餐，滿意的表情完全寫在家人的臉上。

明天肯定可以看到屋頂上壯觀的魚乾，整齊地一字排開來，像某種炫耀，一定會引起大湖村裡的一陣騷動——畢竟已經許久沒有人抓到大魚了。在伸手不見五指的黑夜中出海夜釣，是大湖最厲害的漁夫才有的本領。

所有因為海雞母魚引起的，溫暖的騷動都在午夜下半場結束了，大地恢復一片安靜。我吹滅了煤油燈搖曳的燄光，耳際傳來遠處小澳規律的浪聲。累了、睏了，就把所有的不安都丟給黑色的大地，一切都像極了令人安心的夢，這裡是我溫暖的家。我在滿足中沉沉睡去……

第二章　狀元地

阿眉山，是整座島嶼最高的山頭。兩百公尺的山脊，遠遠離開海平面，覆蓋著綠毯似的蓊鬱熱帶雨林；山峰縱向直直指向大湖，山勢在靠海處和緩下來，像緊皺的眉終於鬆開那樣，舒展成幾塊小小的丘陵地。兩眼得天獨厚的湧泉，清冽甘甜；如此地理風水，面海背山，還有小島最稀缺的淡水，彷彿將整座小島的靈氣都占盡了。

大湖人的祖先，就在沿著湧泉旁的小丘陵地上，開墾出一片片梯田。錯落有致的梯田，沿著山階兩邊在丘陵地上分散開來，其間沒有小路，只有隆起的小田埂充作農人往來的小徑。早起的農人們迎著朝陽，小心翼翼地沿著田埂走進梯田，在抬頭就可以看見遼敻無垠太平洋的小丘陵上，辛勤地工作著。

大湖村民給梯田分類的方式很簡單——先開墾的叫舊田，後來新墾的就叫新田。無論新田或舊田，都順著丘陵漸次起伏，一畦畦的彼此連接，安詳地趴在阿眉山漸緩的尾端，成為一道奇異的風景。

水牛、還有人力，構成了耕作梯田的主要勞動力，因此凡有水田的人家，都需要養一隻水牛。水牛的個性較為溫和，能負重、吃苦耐勞；下田勞動的水牛，要從小就買來養著和人親近，好訓練牠拉犁、拉耙的能力，還有跟農夫配合的默契。梯田的形狀彎彎曲曲的，又座落在緩坡之上，所以需要一隻聰明又善解人意的水牛，能聽懂簡單的口令，好拖著沉重的犁配合地形將田仔細地犁好。

梯田在山坡的平臺之上，和大湖村座落的海邊小平原高度差距一百五十公尺以上，要上到梯田，著實需要費一番工夫及腳程——需要先穿過狹窄彎曲的林間小道，翻過兩座小丘陵方可抵達。窄仄的小道僅能勉強供人和水牛走動，農人牽著牛，撥開不時伸出來橫擋在路上的樹枝草葉，漫長的小徑彷彿沒有終點，一人一牛侷促地走著，然後撥開最後一叢樹葉，見到終於開闊的山頂平臺，還有兩旁如魚鱗層疊鋪排的梯田。

祖先按照地勢開闢梯田，充滿了人與自然互動的智慧。梯田分散在兩塊丘陵地上，田埂將它切割成一塊一塊的鏡子，充滿了初升朝陽金色的反光，微風一吹，水田粼粼的反光將小丘陵妝點成光與影的世界。但是濕滑的田埂很難走，一個不小心就會害人滑倒，跌進水田裡頭。農人牽著水牛，慎重又輕巧地走過，水牛蹄印踏過攪動水面，彷彿踏碎滿地金色的光影。

在那個艱苦而封閉的年代裡，小島和大島之間的交通極其不便；光是從南寮去臺東就要搭五個小時的船，當時還沒有環島公路，要從大湖走到南寮，只能沿著海岸走過珊瑚礁，或者走阿眉山上的過山小路，光是去南寮，就要走超過兩個小時的路。硌腳的珊瑚礁，或者彎曲幽深的過山小路，把大湖深深地藏在大山的另一邊。

或者說大湖村根本就在一個遺世獨立的地方，一個被文明幾乎遺忘的地方。

在當時那個對外聯絡幾乎不可能的年代，仰賴外地進來的白米是不可指望的，一切都得自給自足才行。有土斯有財，但在大湖村，有田地才象徵著有貴重的白米飯能吃。大湖人想要吃白米飯，就得靠這幾塊梯田，每年僅能一穫的梯田，憑藉自己的勞力，艱難地從大地上擠出一點奶水。也因為白米如此得來不易，大家只有在過年或者重要的節慶祭祀時，才會開鍋煮上那麼一鍋軟糯甜香的白米。

而種稻米，先從挑鹿糞開始。

在初冬時節，大家採集體合作的方式，十幾人一起用竹籃挑起剛從鹿舍清理出來的鹿糞。一擔擔的鹿糞沿著彎曲的林間小路越過丘陵，走過濕滑的田埂，按次堆置在各家的田頭邊。一趟挑完又來一趟，挑夫沉重的步履，把小路來來回回給夯得更實。一天之內爬了十幾趟山，但是遠遠還沒挑完，第二天繼續，挑完了第一家，再挑第二家……要持續到挑完全村的鹿糞為止。沉重的生活雖然無形，卻比肩上的擔子更重；大湖人翻山越嶺，與海鬥、與山鬥，更與大自然鬥。漫長的小路蜿蜒向上，彷彿是大湖人踏過祖先的步履，沉厚有力地延續著高升的希望。

及至鹿糞挑完，初冬已然悄悄過去。水田邊堆滿一堆堆如小山的鹿糞，彷佛梯田嶄新溫柔的註腳。

十二月是水牛最忙碌的季節，村民割完田埂上的雜草，層層疊疊的梯田因而面目一新。周圍濃密茂綠的雨林，一席席曲線交錯的梯田，彷彿鑲嵌於大山之上的抽象畫。犁田，就要開始了。

水牛拖著長形的木製大犁，隨著農人的指引，來來回回，一趟又一趟地翻動著田裡的泥土。大犁犁出一道道土壑，將泥土打散、翻攪，有利於空氣流動，將之前按下的草桿分解成肥沃的有機質。同時也將底下富含養分的土翻上來，如同黑潮親潮交會處，攪動的深層海水，帶起沉澱的營養物質那樣，形成富饒的漁場；人們翻攪泥土一如海水上下交換，構成一個生生不息的循環，在土裡、在海裡，都在祈求下一季，一個豐產的夢。

直到所有的田都犁好之後，農人將水引入梯田中，讓黏土充分地浸泡、軟化。浸水的梯田，會在幾週內加速有機質的腐化，進一步地補充地力。暖暖的冬陽和煦地照射著懶洋洋的水田，循次層疊的梯田靜臥，反射著千萬道的光，彷彿山下的太平洋被擷取了一塊又一塊，鑲嵌到丘陵地上，像絕美的彩繪玻璃。水田裡的一切靜靜地在呼吸、交換著什麼，偶爾冒出的小氣泡，「咕嘟」一聲，什麼也沒驚起，緩緩化為擴散開來的細小漣漪。

等到土與水充分的交換過程之後，農人開始耙平土表的工作。四方形木製的耙仔，耙頭釘著兩排鐵製的牙齒，咬進土裡，由水牛拖著。農人站在耙上，用身體的重量將耙釘深深地壓入土中，既可以耙深田土，又能將土給耙散成最細緻的泥漿，為水稻創造一個最舒服的環境。初生的稻秧，根系柔軟而嬌嫩，而這樣細緻如藕泥豆沙的黏土，讓稻秧如貪吃的小孩，趕忙把根系深入土中，牢牢抓住大地，從而快速地抽芽、長大。

田裡那頭放田水、耙土的工作一邊進行著，另一頭育秧苗的工作也同時並進著，絲毫沒有含糊。十二月的隆冬，育秧苗開始了。

先將去年曬乾留種用的稻穀泡在清水裡，撈去表面浮著的種子。浮著，表示稻穀內部結構不扎實，所以重量較輕，比重也較低，才會浮起來——這樣的種子，就算發芽，也長不好，更遑論產量能有多少。稻穀泡水一天一夜之後，在沙地上挖一個大坑，把泡過水的稻穀裝在籃中，一籃一籃裝好，放入沙坑之中。沙坑四周填上乾稻草，再將上頭蓋得密不透風，提高坑內的溫度，以利於加快秧苗的生長。

育在沙坑內的秧苗，每隔兩、三日，便須取出澆水。選在涼爽的傍晚時間，避開溫差大的白日，小心地取出秧苗、澆透。如此往復，一週後，再挑開沙坑，整籃初生的小秧苗已經長出一點點白裡透青的嫩芽，三、五公分的幼嫩根部像鬍鬚一樣，纏繞在一起，密密實實地連風都吹不進去。這時候，就必須把小秧苗從竹籃中全部倒出來，將緊緊纏繞的根系分開來，再放回竹籃中，準備挑去山上的水田中進行下一步育苗。

次日，村民們挑著一籃籃的小秧苗，小心地像挑著希望那樣，順著蜿蜒的林間小路，將秧苗挑到梯田，一塊事先準備好用來育苗的水田邊。田裡早已整好一畦一畦的田壟，其間是小小的溝渠，像規律的山脈谷壑起伏，小小一塊水田讓農人攏得跌宕有致，錯落起伏，因而有了大山、河谷的韻味。

小秧苗密密麻麻地撒在潮濕的田壟上，恰好在水位之上。

村民們必須每天來巡視育秧田的水位，這些新育出的秧苗還太脆弱，禁不起任何波折。水位太高秧苗會爛掉，太低則會枯死。另一方面也要注意天上貪吃的小鳥，鳥類有極為敏銳的視覺，不會放過這個白食的機會。農人得小心地呵護著這些稚嫩的秧苗，因為它們乃是明年的希望。

育秧的工作大致底定後，差不多也到了早春時節。小島的雨季在春天，是雨水最豐饒的季節，斜飛的細雨漫天飛舞，將大山的輪廓給洗去，變成一幅詩情畫意的寫意水墨。阿眉山下那兩條湧泉，得了雨水匯流，水量在春天豐沛了起來，所有的舊田、新田因而都不缺水。甚至還有多餘的泉水，順著山澗、水溝，歡快地流到山下的尾仔湖，最後注入海中。

小秧苗在得了春雨灌溉一個月後，長了十幾公分高，綠油油地一畦一畦，規律地排在育苗田裡，迎風招搖地有精神極了！似乎在告訴大湖的村民——插秧的時間到了！

插秧的工作必須趕在過年之前要全部完成。所以全村大大小小都動員了起來，依照不同的工作性質分成三組人馬——拔秧苗、搬秧苗以及插秧。

拔秧苗需要最有經驗的長輩來進行，將秧苗從育苗田壟中拔起，需要準確的力道判斷，如果拔得太粗魯，秧苗被傷到根系，後面就算插秧了，也會枯死在田裡。拔出來的秧苗，由年紀較小的孩子們，用小棕櫚葉片捆在一起，一小捆一小捆的，搬去散放在準備插秧的水田之中，再由村裡的年輕人插秧。

位於小丘陵兩旁的梯田，順著山勢，開墾成大大小小、彎彎曲曲的不規則狀梯田，由於大小落差都很大，所以無法像大島的平原上那樣，整齊成排地插秧，只能順著梯田的形狀，不規則地把秧苗插入水田中。在方向上，只能向前插秧，不能倒著插。小塊的梯田，一人足矣，若是大塊點的田，便要兩、三人一起勞作。一捆捆的秧苗，一束束被插入水田中，從這塊水田，到另一塊水田，辛苦不懈的勞作持續了一整天，從旭日初昇，忙到太陽高掛，最後到夕陽沉落在太平洋裡。

耕耘是辛苦的，在這鹽鹼磽薄的海島上。所幸人情並不磽薄，全村的人共同勞作、打拚，最後一起在夕陽將沉、暗金色的餘暉中，拖著疲憊的腳步，回家。

插完秧後，農曆年前後的兩、三天，是最農閒的日子。

過年是所有人的大事，年前，得殺一隻大豬公拜天公。祭拜從傍晚開始，直要到過了午夜之後，得到天公的聖筊，才開始燒金紙；金紙燒完，已是凌晨四點多。通宵的祭拜、燒金結束後，便是本次拜天公的重頭戲——分解豬公。豬隻是非常貴重的財產，拜天公時根本不可能一家殺一隻，而且當時也沒有電冰箱，多出來的豬肉也極難保存。所以大家極有默契地約好，今年你家拜拜，我跟你借二十斤豬肉，明年換我拜拜時，我再還你二十斤豬肉，這種淳樸的互助精神，在小島居民中世代傳承，大家才能胼手胝足，艱難地在貧瘠的海島上站穩腳跟。

而一年之中，也就難得過年幾天，有機會可以開開葷，吃得到滿桌豐盛的肉菜。過年就在忙碌地醃鹹豬肉、滷豬肉、送親友、借豬肉、還豬肉當中，悄悄地過了。

縱使是人想偷懶，田裡的莊稼卻是一點都等不得。年後，大家又要開始忙碌起來，替秧苗施肥。這時梯田裡的秧苗，經過一個多月的成長，已經不是之前那細弱的樣子，成叢的尖銳禾葉極有精神地抽高，綠油油一片倒映在水光天色裡，在海風的吹拂下輕輕地搖曳。施肥的時間到了，光靠田土本身的養分，已經不足以支撐稻苗的成長，必須補充更多的肥分，把水稻養得肥肥壯壯，結出更多飽滿、美麗的稻穗。

初冬時大家挑去田頭堆放的鹿糞，經過一兩個月的發酵，已經完熟，化成深黑色的土狀。還有重金從大島買來的化學氮肥，因為是黑色的小圓柱狀，所以被叫做「黑肥」。年長的農夫把鹿糞加一點黑肥，揉成一粒粒三、四斤重的肥球，再由年輕力壯的農夫，一擔擔挑著去沿著濕滑的田埂擺好。施用的時候，一手拿著肥球，掰下一小塊，塞入一叢秧苗的根部旁，每一叢都要仔細地施肥，否則萬一漏掉了，沒施到肥的稻秧，可是會結不出稻穗來的。

手中的肥球塞完了，田埂旁的人就會再丟一粒過來。接住這粒又軟又重的鹿肥球必須要有技巧，入手時要帶著巧勁卸去力道，否則肥球掉落，或者四分五裂，就白白損失了一粒鹿肥。施肥的農夫一整天彎著腰塞肥料，又要拿著沉重的肥球，是一件相當辛苦沉重的工作，但是小島的土壤很貧瘠，若是沒有這樣施肥，根本無法有任何收穫。何況一年也只有這一穫，再多的辛苦也得咬牙撐過去。生活是嚴厲的，只給予勤勞的人獎勵，這些產自貧瘠海島的稻米，每一粒都因此更形貴重。

秧苗吃到鹿肥之後，快速地抽長、茁壯，覆蓋滿整片彎彎曲曲的梯田。但春暖花開的同時，混在水稻之中的雜草也開始長了出來，搶奪土壤中的養分。雜草長勢極快，像燎原野火那樣，飛快地冒出頭來，農夫們因此勤奮地仔細將雜草一一拔出，尤其是長得極像稻秧的稗子，混在稻秧之中很難辨認，一個不小心給稗子覷了個空子，搶去了珍貴的營養，便會害得稻秧無法好好地長大、結穗。

日復一日的農忙，日復一日的悉心照料。初夏的太陽，終於像火球一樣高懸在天上，照出梯田裡黃澄澄一片稻穀，稻穗因飽滿而低著頭，隨著南風的撩撥輕輕地搖曳，彷彿在害羞地宣告——收割的季節到了。忙了四、五個月，水稻成熟了。這一季無疑是個豐收季，整個春天風調雨順，初夏又無風無雨，水稻娉婷地玉立在田裡，散發出令人滿足的金色光芒，微微的南風裡，散發一股清雅的稻香，引來無數飛鳥爭相參與豐收的盛況。整片丘陵地上的梯田，都披上了黃色的外套，和外圍蓊鬱濃綠的熱帶雨林互相輝映，譜出一曲最動人的交響曲。

這邊田裡的農夫忙著收割，一旁空地上架好的打穀機也沒閒著。村民輕快地踩著打穀機發出輕快迷人的節奏，一如收穫雀躍的心情。打穀機「轟隆」作響聲不止，一捆捆成熟飽滿的稻穗，經過打穀機後，一粒粒的穀子紛紛跳躍而出，累積成一堆黃澄澄的小丘，發出誇耀的金色光芒。打好的稻穀，被一袋袋運往山下，村民扛著沉重的稻穀，穿過蜿蜒的林間小路，越過丘陵地，終於把稻穀送到海灘上的曬穀場。

海邊沙灘上，攤著一件件透明的細目大網，從村頭到村尾，黃澄澄的稻穀一片片攤開來，染黃了整個海灘。經過太陽曝曬的稻子，飄出更濃郁迷人的稻香，粒粒閃耀著飽滿的光澤，成堆的稻米彷彿在誇耀這一季豐收的喜悅，映入眼底的明黃光澤，閃得大湖村民的眼睛瞇成微笑的形狀。稻穀曬了三、五天後，曬到完美的低濕度後，先挑出特別肥碩飽滿的稻穀當種，分開貯放，期待年底的冬天，帶來更豐碩的收穫。其餘稻穀就封藏在大鐵桶中，連帶將最原始的稻香也藏進去，等待要吃的時候，讓米香挑起飢腸轆轆的食慾。

整個島嶼，足以孕育、飄出稻香的，只有兩塊地——觀音洞附近的滔山埔還有大湖村這裡。農人們雖然辛苦忙碌了幾個月，爬山越嶺、挑重肥、扛稻穀，只為了那一口甜香軟糯的白米飯。小島的貧瘠原不足以長出飽滿的稻穗，但在大湖人的努力下，艱辛地從大地擠出收穫，雖然不多，但總是滿足了大家的需求，也滿足了大家對豐收的想像。

因此，祖先們稱這塊地為——狀元地。

第三章　蕃薯藤

「蕃薯救人沒人情」。這是早期住在小島上的人，嘴邊時常掛著的一句話，這句話訴說著蕃薯救了島嶼上所有的人，但是從來沒有人想起過，要感謝它。

綠島孤懸在臺東外海十八海里之處，遙遠而封閉，是天涯海角最佳的註腳。綠島人的祖先，在西南季風吹起的夏天，從小琉球揚起風帆航行而至——從公館登陸後，向西遷徙到中寮、南寮，北移至流麻溝、楠梓湖、柚子湖、海參坪、大湖、左坪、大白沙等……整個綠島沿岸狹窄的平地都散居著小小的村落。

在這個貧瘠磽薄的小島上，只有大海及小島本身提供不多的出產，以供生活所需。對這裡的人們而言，當時的航運相當不便，所以島上的出息無法和臺灣互通有無，臺灣太遙遠，從南寮的方向望過去，薄的幾乎只像一抹夢裡的影子。先民們在這個幾乎被遺忘的獨立小島上，自給自足地努力活下去，島上的經濟活動幾乎是退回到以物易物的時代。

當先祖們揚帆而至，踏上綠島時，隨船帶來了兩件寶物，也因著這兩件寶物的關係，綠島人才得以在這個貧瘠的小島站穩腳跟，一代又一代地綿延下來。

每逢盛夏，大湖村防風林外的沙灘，都會擠滿了曬蕃薯簽的村民。曬蕃薯簽是大湖村的大事，小島沿海地帶的平地，幾乎都是偏沙質的鹽鹼土壤，無法耕作水稻，產量也低落，唯有蕃薯和土豆這兩種堅韌的作物，克服了土質問題，頑強地存活下來，可以說綠島早期的開發史，是用蕃薯和土豆寫就的。

沙灘上攤滿大大的網子，一塊一塊交織成暗綠色的地毯，一擔擔的蕃薯簽從村中挑出來，均勻地撒在網子上，接受陽光的洗禮。沒有電冰箱的年代，保存食物的方式不外就是鹽及陽光、海風，靠著鹽分及脫水來抑制微生物的生長，這種古老的食品智慧，在冬天缺乏食物的季節裡，養活了不知道多少的人。網子上躺著懶洋洋的地瓜簽，散發出橘黃色的光澤，隨著烈日的曝曬，愈

柚子湖（睡美人一帶）的老屋遺址

大白沙老屋殘垣

發地縮小。曬的過程中，不時地需要翻面，以加速、還有確保曬乾的程度。

沙灘那頭忙著攤蕃薯簽、曬蕃薯簽，村子這頭的人也沒閒著——削地瓜皮、剉地瓜簽、挑地瓜簽的，大家忙做一團，手腳利索地進行著。削下的地瓜皮還必須蒐集起來，放入大鍋中煮熟後，當作豬飼料。一塊蕃薯，從頭到尾，都被利用透澈，可以說完全沒有一處被浪費。

曬地瓜簽的過程，必須持續三、四天，要等到水分盡失後，才能收藏起來，以免不夠乾燥，在保存的過程中就發霉了。雖然說曬蕃薯簽的本意是為了利於保存，但是在脫水的過程之中，地瓜的澱粉被陽光熟成，因而散發出一股獨特的香味，像是原本的蕃薯甜味中混進淡淡的水果香氣。在煮稀飯時，加入蕃薯簽共煮，能把那股甜而不膩的味道滲進去粥裡，是綠島人的最愛。這味道深刻地鐫印在味蕾之上，變成一股至今難忘的回憶。

大湖村是一個海邊的小盆地，面積不大，除了咕咾石屋聚集的地方外，都是沙地，靠近山邊則是土石地，這些可以利用的土地，都被盡可能地開發成一小塊一小塊的旱田。北邊的麻仔寮溝、尾仔湖等小平原，也散居著一些小聚落。雖然在傳說裡，滾水坪的海岸是壙場，是亡靈居住的地方，但是先民們為了討生活，滾水坪狹長的海岸林內也沒被放過，都被開發成沙地旱田來耕作。

小島每年冬天，會從北邊吹向南邊，颳起十幾級東北季風。東北季風除了風力強大以外，也同時挾帶著細微的海水鹽分吹向陸地，將植物的葉片都給吹得乾枯，向風的山坡上，可以看見葉片表面一點一點焦黃的痕跡，這是植物用血肉記錄下氣候的痕跡。此外，夏季的颱風來襲，飛沙走石，還將大量的海水給吹上陸地；因此颱風過後，整座山都被颳得光禿禿的。為了因應這種自然氣候、環境，大湖村的村民在海岸種上不怕海水的林投、黃槿等海岸樹種作為防風林，構成第一道防線，再在旱田邊堆積防風石。海邊的防風林像是蜿蜒的綠色長龍，盤據在海岸，堅實地守衛著後方，沙田邊的石牆，配合著田地的方位而砌，縱橫交錯的幾何線條，填滿翠綠的地瓜葉或者土豆，看起來別開生面。

蕃薯是最容易種植的作物，幾乎不挑生長環境，無論是沙地抑或是土石地，都能生長得好好的，可以說只要有雨水就能活下去，有種植就會有收穫，同時還會結成纍纍的地下根莖，完美地體現了它豐富及堅韌的生命特性。

每年初春，父親都會牽著水牛開始犁沙田。第一道犁過後，大家會用畚箕提著鹿糞灑到田溝中，接著父親會再牽著牛從有鹿仔肥的溝壑旁再犁一遍，這樣就能把鹿仔肥給深深地埋進去，形成一壟壟的蕃薯壟。當每片防風林後的旱田都被犁成規律的田壟後，就是準備種地瓜藤的「蕃薯壟」。整片旱田中但見規則的蕃薯壟阡陌縱橫，隆起的土壟似在宣告著──種植季正式開始了！

種蕃薯不需要種子，只需要割一段帶有尾芽的蕃薯藤來扦插就可以。犁好的一道道田壟躺在田中，微微隆起的弧度，恰好象徵著等待被填滿的期待，像一道跳躍的弧。大人們去割來最適宜扦插的蕃薯藤後，就開始全家動員，不分大人小孩，全部投入種蕃薯藤的作業當中。一段段蕃薯藤斜斜插入沙土中，再稍微覆上一點土，就完成了。大夥兒動作飛快，一小段綠意盎然的蕃薯藤斜斜倒在田壟上，給黃色的沙土添上幾許柔和的綠色，可以想見，在不久的將來，這些小段的蔓藤會迅速長大，然後變成密密的綠色毯子，蓋過整個田壟，直到看不見一絲土地為止。

早春的雨水相當地豐潤，下雨的時間非常多，蕃薯藤在沙土中接觸到土壤及水氣，會很快地發芽，長出新生的根來，飛快地向下竄去，然後打開根系，變成一株活力旺盛的新植株。因為地下埋著鹿仔肥的緣故，整壟的蕃薯迅速地爬滿田地，綠色的枝葉極有活力地朝向陽光伸展，整片田在微風中輕輕搖擺，發出低微的窸窣聲，像是愉悅的低語。

蕃薯從頭到腳都是寶，除了蕃薯可以吃以外，蕃薯的嫩葉也是一道口感清爽的蔬菜，蕃薯藤則是餵豬的好飼料。大湖村幾乎家家戶戶都有養些豬隻來貼補家用，豬隻除了是過年重要的祭品之外，多的豬隻也可以賣到不錯的好價格，多少可以紓緩一些沉重的經濟壓力。

在天色剛亮的時候，蕃薯葉尖還垂掛著露珠，大家會帶著鐮刀去田裡割蕃薯藤。收割蕃薯藤是有技巧和計畫性的，必須按區域跳著割，一區收完換下一區，收割時也必須注意，不能一次把一株蕃薯的藤全部割去，以免收割過頭影響土裡的蕃薯生長。蕃薯藤總是生長得極快，幾天前剛收過的那一區，已經看得到嫩綠色的新芽猛地竄出來了，經過收割的刺激，蕃薯藤從底下的芽點冒出更多的腋芽來，顯得朝氣蓬勃。

割回來的蕃薯藤，用大刀剁成一小截一小截的，方便豬隻入口，然後放入滾水中煮爛，加入一點米糠調和，這就是家裡豬棚中那幾隻大公豬每天的大餐。飼料一倒下去，就看牠們開心地用鼻子在食槽中拱來拱去，吃得好不快活，發出愉快的聲音。蕃薯藤把牠們餵得飽飽的，媽媽看著大公豬一日一日的豐滿起來，臉上遂掛起一絲期許的微笑。

除了割蕃薯藤，挖地瓜也是每天村民們必做的大事——大湖村的人們，除了過節或者特殊場合，可以享用到珍貴的白米飯之外，基本上每天的主食都是以地瓜為主。當天要吃的量，就去地瓜園挖來，而挖地瓜也講究順序，每棵蕃薯藤先挖最靠近土表的那一顆地瓜，因為那是最先長成的一顆，所以個頭最大，底下小顆的先不挖，留待日後長大後再來挖。這樣逐棵挖下去，挖完一擔挑回家，可供兩、三日食用，待到吃完之後，再來田裡挖，如此往復，按順序挖蕃薯，可以最大限度地利用蕃薯田。

挖回來的地瓜，洗淨削皮之後，切成小塊入水滾至熟爛，便是大湖人一日三餐的主食——蕃薯湯。偶爾能加一碗白米進去，煮成一鍋蕃薯粥，但那是稻

蕃薯葉是一道口感清爽的蔬菜（歐陽文攝影）

米剛收割、或者逢年過節時，才得以享受到的貴重美味。一般平日就是蕃薯湯配上鹹魚乾，可能是飛魚乾，又或者是馬鰮魚乾，用鹹鹹的魚乾打發單調的蕃薯湯，這是粗糲而原始的一餐，是大湖人每日在過，道道地地的生活。

蕃薯田經過三、四個月的成長之後，終於所有的蕃薯都長大成熟了。此時必須把整塊沙田裡的蕃薯都挖起來。年輕人在前面，先將枯黃的蕃薯藤割掉，隨後的人再拔起整串結實纍纍的蕃薯。瞬間整片沙田裡頭，盡是成堆的蕃薯，紅色的、白色的皮夾雜交錯，以小山的姿態橫陳在田裡，在暖暖的陽光下散發著令人愉悅的滿足。挖起來的蕃薯，先搬去田頭那個陰涼的石洞裡成堆地儲藏起來，石洞裡陰涼的溫度可以抑制蕃薯發芽，也可以延長蕃薯保存的時間，恍若一座天然的藏寶庫。

第一輪的春耕結束時，時序已然入夏。拔掉了蕃薯的田地，接著必須再翻犁一遍，俟雨季來時再次耕作。父親牽著老水牛再次緩慢地犁過一塊塊的沙田，乾燥的表土，翻起濕潤的土溝，新土的氣味，混著清新的濕氣。人與牛緩慢一致的步伐走過田壟之間，像走在悠悠的歲月裡，一切生活的輪迴隨著背影投射到沙地上，拉出好長一道軌跡，無聲地前進、往復循環著。

夏季的耕種最害怕颱風，就算是堅韌如蕃薯藤，也抵擋不住強風加上海水的摧殘，所以每逢颱風要登陸時，這時不管白天或夜晚，全村的人都要一起出動，把種下去的蕃薯苗用沙土埋起來，直要等到颱風離開之後，才再次地把蕃薯苗從土中翻出來。每次颱風前，尤其是在風雨交加的夜間，大家往往整夜不闔眼，都在田裡趕工。生活無所謂殘忍與否的問題，對當時的村民們而言，這不是選擇題，而是不能迴避的辛苦。

綠島多變的海洋氣候，除了春季較為穩定外，夏季的熱帶性低氣壓，冬季強烈的東北季風，無時不刻考驗著島嶼上的一切——鹽鹼的沙土、被摧毀的雨林。而這些往往在豐沛的雨水以後，重煥生機。島上的一切帶著宿命輪迴的味道，破壞與重生，生與死，往與復，時刻交替，一如潮水起落有序。而小小的蕃薯藤，也一樣努力在這交替循環中展現出驚人的生命力，不論是沙地、土石地都結實纍纍。人們艱困地從貧瘠的大地擠出微薄的奶水來養活自己，而最大的依仗，便是蕃薯藤。

興許是窮怕了，所以白米飯那種得來不易的珍貴味道才顯得彌足珍貴。小島本身的資源極其匱乏，一切都要靠人力與山鬥、與海鬥、與天鬥。在艱困的歲月裡，人們遂期待著那一粒粒得來不易、潔白剔透的白米，而似乎忘了去感恩哺育眾人的蕃薯藤。

不是人們對於蕃薯藤不思感恩，而是在恆久歲月中的短暫失憶，對於島嶼眾人的母親——蕃薯藤。

第四章　土豆、落花生

一粒小小的落花生，長在沙田裡，安穩地躺在土層之下。烈日下，農人們一小鏟一小鏟賣力地挖掘著，挖遍整塊旱田，掘出土裡的落花生，像披沙瀝金那樣專注而認真，沒有絲毫的遺漏。挖起落花生，好似挖出生活的盼頭，挖起一個持續的希冀。

早春的二月，狀元地上的梯田，施肥的工作已經告一段落，老水牛也卸下繁重的耕作，一派悠哉地在小山坡上，啃著細嫩的青草。看牠挺著大大的肚子，一口一口不疾不徐，嘴巴極有韻律地動著，重複咀嚼著，在這舒服的早春天氣裡，連人也變得悠閒起來。

傍晚牽著老水牛回家時，聽見大姊說，明天全家要全員出動，去滾水仔那邊種土豆。滾水仔那邊有塊沙田，是阿公分給爸爸的，從海邊延伸到山腳下，狹長的形狀像是一條馬鰮魚一樣。但是我不愛去那裡，大湖人的祖先都埋葬在那邊，一想到要去墳地旁工作，就像兜頭被澆了一盆冰水，連心中都泛起冷意。

但是不耕作就沒有飯吃，這是很現實的鐵則，饒是心中千百個不願意，把老水牛綁好以後，還是開始幫忙準備明天的工作。父親豎起那把木犁，早春耕作狀元地以後，犁頭就一直沒清理過，結滿了泥塊，父親仔細地將鐵製的犁頭給收拾得乾乾淨淨。母親則是扛出一大包土豆，倒在屋內開始慢慢揀土豆。土豆倒在地上，母親招呼我們過去，一起挑出最飽滿的土豆。只有最好的種子，才能長出最多的收穫。

翌日，天空剛泛出隱約的白，一家人摸黑起身，洗漱就緒後，父親帶頭，肩上扛著木犁，手中牽著老水牛，母親挑著一擔上好的土豆，姊姊們拿著籃子，裡頭裝著準備中午充飢的食物，一行人趕在漲潮前準時出發前往滾水仔種土豆！

清晨的沙灘上，潔白的細沙鑲滿昨夜未褪的露珠，在漸熹的晨光中，逐漸

挖土豆（歐陽文攝影）

閃爍起五彩繽紛的色彩，整片沙灘美得就像仙境，不似在人間。前頭老水牛的腳步笨重而緩慢，襯著潮汐緩慢起落的聲音，蹣跚越過珊瑚礁岸。慢慢地我們來到了滾水坪那塊巨犬形大石下——這裡是潮汐控制的海角，磊磊的亂石堆奇異地在這裡留下一道通往滾水仔的缺口，隨著潮汐起落，隱沒、出現，像一條有生命的路，蜿蜒過漆黑的火成岩。我們在退潮時來到，看海浪撤退，讓出道來，一行人隨著父親的腳步越過海岬下崎嶇又濕滑的小路。

繞過海岬，滾水坪就在前方，細灘之後是被巨風長年吹得彎腰駝背的林投林，林投遮住了沙田的景致，沙石地上遍生枯黃的野草，在海風中蕭瑟地搖曳著，更遠的山腳下，是一片山壁，稀疏的植被遮掩不住底下漆黑的顏色。這片灘頭看不到太多生命的痕跡，遠處突出的海崖直插入海，海浪激烈地拍打其上，激盪出的白色浪花包圍住整片礁石。混亂的黑色火成岩犬牙交錯，隨意覆蓋在珊瑚礁上，或者伸入海裡，像是自開天以來，被澆鑄在這片海岸上一道漆黑的疤痕——這就是大人口中的滾水仔。凶猛的浪、漆黑的海岸，令人不寒而慄。

我們一行人亦步亦趨地跟著老水牛緩慢的腳步，越過一大段漆黑的珊瑚礁岸，四周極靜，只有往復的濤聲，還有風聲，我們像是這塊焦黑大地上唯一的生靈，唯恐驚起什麼一般，踩著高低起伏的鋒銳礁石前行——走過滾水仔澳邊，突然一道潔白的長灘出現在眼前。一種純粹的白，比大湖澳仔邊的小沙灘還要來得更加乾淨潔白，完全沒有混入一絲沙土。滾水坪這裡人跡罕至，但藏在凶惡的黑色火成岩之後，竟然是一處絕美的細緻貝殼沙灘。

入眼的盡是珊瑚還有貝殼風化以後留下的細緻殘餘，構成了眼前這道奇異的風景。滾水坪是大湖人眼裡的墳場，生與死在這裡分別，由那塊巨犬大石劃下涇渭分明的界線。這裡同樣也是貝殼及珊瑚的墳場，潔白的骨骼構成這方潔白的天地。死亡，安靜的死亡，或許千萬年來的所有光陰都一同葬在這裡，靜靜地躺著，躺在凶惡的海浪之後，給抵達的人，昭示一種安靜的本質，潔白，而無瑕。

我們的腳步踩在沙上，帶起輕微的聲響後陷落，隨即抬腳往前，越過沙灘後的林投林，阿公分給父親的那塊沙田就在那裡。田地的左側盤踞著一塊巨大的黑石，田邊到處是土堆，土堆前各自放了兩塊石頭，一塊直立，一塊平放，方向各自不同，偶有飛鳥經過，棲息在上頭，抖一抖雙翅的羽翮，海風將牠頭頂的羽毛給吹得輕輕揚起，隨後看牠振翅，旋即高飛，不見蹤影。

我們找到沙土中間用文朱蘭作界線的那塊田地的位置，開始了今天的工作——父親牽著老水牛拖著沉重的木犁，一步步緩緩走著，沙土隨著一人一牛的腳步經過，被翻起一道道壟溝，母親和姊姊們隨之在溝中放下兩、三粒帶殼的土豆，再用腳踩一下，讓土豆埋入土中。就這樣前面犁田，後頭播種，節奏緩慢地進行著。整塊沙田形狀非常狹長，父親在前頭牽著犁，彷彿犁不到盡頭似的。

黃澄澄的沙土，帶著濕潤的水氣，夾著一點點黑土。翻開土壤，可以看到肥大的雞母蟲在裡頭蠕動著——沙土地排水良好，又因為一年一耕的緣故，有足夠的時間來恢復地力，土裡充滿著雞母蟲最愛的肥沃有機質，同樣也是最適合土豆生長的環境。隨著播種的工作告一段落，父親再牽著水牛，從田壟之間再一遍，將田溝兩邊的土覆過，讓土豆安詳地躺在深深的土裡，安靜地吸收水氣，等待發芽破土的那一刻。

忙到近午時分，半塊田已經種完了，太陽高高爬上半空，正散發著灼人的熱度，昭告著人們——休息的時刻到了。田邊的大黑石拉出一道陰影，剛好提供我們休息納涼的地方。我們一家人躲在陰影之下，享受今日的午餐；老水牛也躲進了林投林之中，避開了正午的豔陽。而我趁著大家休息時，好奇地四處探索，爬上田頭那些沙土堆上嬉戲，上上下下的，煞是好玩。爬完一個再換一個，被一種好奇的情緒驅使，重複在這些村裡看不到的沙土堆上來來回回的爬上爬下，將田頭那個最大的土堆印上我滿滿的腳印。

大家吃飽稍微休息片刻之後，又繼續開始耕作剩下的半塊田。因為回去的路受到潮水的控制，必須掐準回村的時間，以免被潮汐給困在滾水坪這裡。潮水並沒有給我們太多的休息時間，我們在豔陽高照下重新回到沙田之中，老水牛也被從林投林之間牽了出來，套上犁，繼續方才緩慢的耕作步調。大家汗流浹背，在逼人的熱度下，將每一粒土豆給放入土中，踏緊、踏實。

當夕陽斜掛在西邊的小山頭上，告訴我們退潮的時刻就要到了，於是大家緊湊地加快了工作的步調，準備在海水讓開道路時回到大湖村——尤其那隻老水牛並不擅長走珊瑚礁岸，必須留給牠緩步走過的時間。終於耕完了最後一壟田，父親牽著老水牛回到田頭收起木犁，竹藍裡已經空蕩蕩什麼也不剩了。母親用扁擔挑起那兩隻空竹藍，父親牽起水牛，大家準備回家去。

就在我們經過田頭那些土堆時，父親突然瞥見土堆上滿滿的腳印，立時大聲斥責道：「這是誰爬上去的？」

家人們低頭默不作聲，其實心中雪亮，都知道家中最調皮的就是我。我低下頭不敢看父親的眼睛，簡直要把頭給埋進胸膛裡頭。父親見我如此，語氣稍微放緩，解釋道：「那些都是先人的墳塋，爬上去是大不敬的行為，以後不要再犯了。」

回家的路上，經過滾水坪那片漆黑的凶惡海岸時，我才感到一陣後怕，原來滾水坪真的有墳墓，很多的墳墓。我今天甚至還爬上那些墳頭，在心虛的情緒作用之下，我開始覺得那塊巨犬大石，用一種惡狠狠的眼神，凶厲地盯著我。一思及此，我只敢低著頭盯著腳底下崎嶇的珊瑚礁，心虛地跟在大家後頭。

後來第二次再跟著母親過來，已經是一個多月以後的事了。春天是雨水豐潤的季節，萬物隨著雨水瘋長，把海岸邊，阿眉山妝點得綠意盎然，已經有些按捺不住的野百合先偷跑，乍然開放在山壁上。這時田裡的土豆也長成綠油油的一片，一壟壟整齊地排列著。大湖村裡其他戶的土地也是充斥著無所不在的綠意，這時原本枯黃的沙地，儼然轉變成一塊活力盎然的綠色大地毯，正隨著微風招搖著，充滿著可喜的生命力。

母親告訴我，這要等到七月，花生藤枯黃，花生掉落在土中時，再過來收成土豆。

我站在田中，陪著母親巡視土豆，回頭望見田頭邊那些墳塋，心裡不免泛起一絲異樣的情緒。但看見綠油油的土豆生長得極為旺盛，又想，還好當時沒有禮貌的舉動並無引來祖先的怪罪，祂們依然守護著這塊土地以及其上的作物，保佑著後代子孫依然有土豆可吃。一想到這裡，心中豁然開朗，總算放下那個小小的擔憂及心結，虔誠地合掌，隔空遙拜田頭那些古老的墳塋。

農閒的夜晚時，大家齊聚在屋前的空地上，母親搬出大鐵桶中去年存放的土豆，大家一起來剝土豆仁。落花生的殼非常硬，必須很用力地以雙手壓，才能將土豆仁給剝出來。母親在村裡的幾個姊妹淘也跟著一起來加入剝土豆仁的行列，大夥兒邊閒聊，手下也沒閒著，飛快地剝好了幾十斤的土豆仁，準備來搾那噴香的花生油。我一想到花生油勾人的香味，就控制不住饞蟲，嘴裡湧出口水來。

要搾花生油，並不是那麼容易。剝好土豆仁後，先用大大的木臼，加上兩根長長的木杵，把土豆仁放入臼中，兩人一組用力地搥打，兩個人一上一下，極有韻律地輪流搥動著，把臼中的土豆仁給搗碎，再倒出來用細篩網篩一篩，把粗顆粒的土豆仁繼續倒回臼中搗碎，如此往復來回地搗，一組人馬累了就換下一組，直到把所有的土豆仁都給搗成花生粉為止。

接著母親將所有的花生粉倒入一隻大目斗中，架上蒸鍋將花生粉蒸熟。然後把熟透的花生粉用一塊紗布包起來，中間箍上一個竹圈，然後放入村裡那臺老舊的擠油車中，交給男人們用力搾出花生油。花生油隨著施力，慢慢從紗布中滲出、然後滴入底下盛接的面盆之中。初搾的花生油質地濃稠，將滴未滴時散發著金色奪目的光芒，還有一股濃郁的清香撲鼻而來。一聞到花生油的香氣，大家手腳更勤快地用力搾著油，直到那堆花生渣再也搾不出任何的油來。

搾完油之後的花生豆餅也不能輕易浪費，要拿來做成土豆豆腐。豆餅切成細塊，用紗布包起來，放入水中，把土豆汁給揉洗出來，再放入大鍋中煮沸，慢慢點入魚露汁使其凝固。凝固的豆花在滾燙的水中漂浮著，好像一朵朵淺紫色的雲霧一般。這時將這些豆花舀起，放入紗布中脫水，再以重石塊壓住繼續脫水定型，俟豆花放涼完全定型之後，就做好一塊帶點紫色的美麗土豆豆腐。將做好的土豆豆腐切成小塊，抹點鹽入鍋油煎，煎至兩面金黃，邊緣微焦時，香酥脆嫩的煎土豆豆腐就完成了。特殊的土豆香氣飄出大老遠，勾得聞到的人口水直冒。

春末的時候，村裡傳來喜訊——村尾的大哥要迎娶隔壁的大姊了。村裡有人結婚，那是天大的喜事，所有人都熱心地開始幫忙籌備婚禮的物什。首先要殺一隻自己養的大豬公，再將一百斤的大餅、一百斤的花生糖給送至女方家。大豬公是大哥自家養的，大餅要去隔山的南寮村才有得買，但是花生糖在大湖就有師傅會做。大家七手八腳地聚在一起，熱鬧地邊談笑邊剝這一百斤的土豆仁。團結力量大，一百斤的土豆仁，只花了兩天，就全部剝好殼，光溜溜地躺在大盆裡頭，等著被下一步的加工。

剝好的土豆仁，是青仁，也就是還沒炒熟的豆子。村裡的空地臨時架起一個大灶，裡頭柴火燒得正旺，師傅將大鐵鍋給擱在上頭，烈火快炒這些青豆仁。土灶中的熱火持續著，師傅額上不住地滴落汗珠。炒土豆既吃體力也需求技巧和眼力，一個不小心炒焦了，就會散發苦味，屆時整鍋的土豆仁都給毀了，無法拿來製作花生糖。土豆終於炒好後，先擱置一旁放涼，再由村民幫忙給土豆仁脫皮。土豆皮的口感跟風味都不好，摻在花生糖裡頭不但妨礙口感，還會破壞風味，所以要盡可能地將土豆仁皮給褪得乾乾淨淨的。

師傅炒好花生後，一刻也不得閒，立刻開始煉糖。先將透明黏稠的麥芽糖給倒入鍋中，再依照比例放入一定量的水與白砂糖，一邊煮沸一邊持續地攪拌著。糖比土豆仁還要更容易燒焦，所以師傅更加聚精會神地關注著鍋中的動態，絲毫不敢放鬆，一步不敢或離。當糖色由白，漸漸轉成淺黃，再慢慢加深到接近黃褐色時，就是糖即將煉成的徵兆。師傅見糖煉好了，取來一小滴滴入水中，看糖迅速凝結成塊，就表示火候已到，這時趁糖還滾燙好塑形時，趕忙將炒好的土豆仁給拌入糖中，使其均勻混合。滾燙的糖相當黏稠，攪拌起來很費力，看著師傅使盡力氣，咬緊牙關用力攪拌，直到將土豆和糖完全均勻拌好為止。再鋪一張白紙在大桌上，趁熱迅速地把花生糖給倒上去，再火速壓平、整形。這時花生糖尚軟，就著餘熱用尖刀切成適中的大小，放涼後就是一塊塊堅硬香酥的花生糖了。師傅極大器地切成巴掌大小，分量十足，婚禮那天全數用竹籃一擔擔地挑到大姊家中，等婚禮結束後，女方會家家戶戶都送上幾塊花生糖，以為回禮。這香酥好吃的花生糖，只有在結婚宴客時才有機會吃上，是大人小孩最喜歡的甜點。

熱浪來襲的七月，滾水仔的土豆田終於成熟。滿原枯黃乾涸的土豆藤不復翠綠，耷拉著無精打采地垂著頭，看起來頗為蕭索。這是搶收的季節，因為萬一再下雨，沙土中深埋的土豆就會迫不及待地發芽。

天才微微亮，全家就一起循著海邊的路，繞過海岬，來到滾水仔的沙田中，開始採收土豆。父親帶了六根長竹竿，每三根一組，綁住一頭，立在地上變成一個三角錐，上頭再放上土豆藤，就搭成一個簡易的涼亭。父親把這些竹竿搭成的小涼亭放在陽光照射過來的方向，遮住太陽，再各自開始準備挖落花生。小孩們在前頭將花生藤給拔出來，整齊地排列在一旁，那是梅花鹿最喜歡的食物之一。

父母親跟在後頭撿拾一顆顆肥大的土豆。一鏟挖開沙質壤土的瞬間，進入眼簾的是一大把肥大的土豆，淺黃色的外殼隆起，彷彿在誇示裡頭私藏了多麼豐碩的果實。父母親快速地將這些漂亮的落花生拾起放入竹籃中。很快地掘完一小片沙地，竹籃裡滿滿盡是肥大的土豆，父母親看著這些土豆，笑得合不攏嘴，今年肯定又是豐收的一年。

整片沙田的落花生，需要三、四天才能採收完畢，屆時家裡前方的院子會鋪滿土豆，淺黃的外殼隨著陽光緩緩呼吸，散發一股交織著泥土香還有土豆香的氣味。海岸的另一邊，沙田那頭，祖先們的墳塋依然寂靜無聲地佇立著，彷彿無言的看守者，替子孫照看這塊土地。大海的浪濤不止，海風不住吹過，日夜迴盪著風聲、濤聲，那塊大黑石守著海岸的林投樹，一起見證無聲裡悠悠的歲月，見證大湖人在這裡，用汗水、努力寫就的一篇生命樂章。

第五章　大山的故事

每逢農曆十五，碩大渾圓的滿月便會高掛在海面上。月圓的日子，大湖的夜晚熱鬧無比，所有人三五成群地聚在庭院中，皎潔的月光灑落一地，連海面也熠熠生輝，銀白的月光鑲嵌在每朵浪花的邊緣，潮生之際，海面燦若仙境，不可方物。

咕咾石屋的三合院旁，矗立著兩、三棵高大的石楠木，垂著纍纍的明黃色果實，偶爾飛來幾隻覓食的大狐蝠，倒掛在楠仔樹上，享受著豐盛的晚餐。夜色涼如水，白日裡的燥熱退去，天空裡閃爍著千百隻眼睛，月正當空，我們一家人坐在灑滿涼如水的月光的院子中——一日的忙碌已經結束，父親最喜歡在這種時候給我們講述過去古老的軼事。

父親小時候，跟著祖父搭著舢舨帆船一路從小琉球越洋來到這個海外的小島，剛到時住在南寮村，因為兄弟眾多，食指浩繁，無法討生活，所以在祖父的帶領下離開南寮另謀出路。一群人從南寮出發，沿著海岸走到了龜灣一帶，爬上馬仔腳的懸岩，其上有一條小徑。他們順著小徑攀上了高聳的阿眉山，從大山山頂遠眺，東邊靠海的地方，有塊小小的平地。

墾荒及探索是辛苦的，他們在大山濃密不見天日的原始林中，用腳步與汗水，硬是踏出一條路來——繞過曲徑，從山頂抵達背面的山腰，吃盡了苦頭，最後從南邊的山溝裡，順勢下降，花了一天一夜，才抵達了這個海邊的小平原，大湖。

原始的大湖，沙地上長滿了高聳的楠仔樹，粗壯的樹幹掛滿了黃色的果實，靠海的沙灘邊生長了一排林投與黃槿構成的海岸林，恰好地擋住了海風，溝仔裡那條乾枯的河道，兩邊生滿了高大的凌果榕，滿樹香甜的無花果。每到傍晚時分，一群群的果子狸就從山上下來吃果子。狐蝠也展開巨大的翅膀在空中繞著，搜尋著喜歡的果實。成群的小山羌在草地上悠然地吃草，嬉耍著。整個大湖平原就像是個動物仙境一般。

墾荒的人們，先落腳在大湖的南邊，用咕咾石砌起房屋的四面牆壁，再去山溝邊採來茅草曬乾，做成屋頂，一層一層蓋住咕咾石屋的頂部。咕咾石的孔隙很多，為了防風，要仔細糊上紅泥，將石縫填得嚴嚴實實的，一點空隙都不能留下。

先有了棲身的房屋，再來便是要墾荒地了。

墾荒的第一件工作，便是搬石頭——綠島缺乏可供種植的先天良田，一切能種出莊稼的沙田，都要靠人力先將沙地上的石頭移除。開荒的人順著海岸林，將沙地上的大小石塊都搬到田邊，再利用這些石塊，砌起一道道防風牆。矮矮的防風牆，雖然其貌不揚，但是可以擋住海風裡挾帶的鹽分。墾荒地的過程，就是要耐住辛苦與枯燥，每日每日重複這些工作，直到將一塊塊的沙田給圈好為止。

靠山坡旁的田地，土質是紅泥土摻雜著大小不一的石礫，這樣的土質，需要花更多的時間和心力來整理。首先將大石頭搬走，砌成旱田的邊界，然後在

以咕咾石蓋的房舍（歐陽文攝影）

邊界旁種上一道防風林。田地上經過一輪挑揀，依舊布滿了小石礫，這些石礫需要全部揀走才能開始耕種——講到這裡，父親伸出他那雙結滿硬繭的手。月光下，那雙手熒熒反射著月亮的冷光，那些都是無數次搬遷石塊，生活砥礪打磨過後留下的勤奮及堅忍。

辛苦已經深深鐫刻在父親身上，「有做才有蕃薯吃。」他淡淡地對我說，此刻他沐浴在明亮的月光下，雙頰凹陷，眼裡有神異的光。

後來大湖村又有了新移入的居民，咕咾石屋從南邊蔓延開來，一路往北。人口一多，原先開闢的幾塊沙田的產出也不足以養活這群人，只得將眼光放至山上，尋找新的耕地。大湖的後頭有座大山，其高度與阿眉山相頡頏，是綠島三大高山之一，大山無名，大湖人都直接以「大山」稱之。但從南寮要過來大湖，都必須爬過大山，走過蜿蜒曲折的過山小道，才能到達，所以南寮人也稱大湖叫「過山」。

大山上有一塊地勢平緩的丘陵臺階地，藏在高大的叢生林木之後。大湖的每一戶人家都在那裡開墾出一小塊旱田，沿著地形，貼著山勢築成一道道彎曲的梯田，北望狀元地，南倚另一座大山。大山上頭的土壤，是深紅色的黏土，別處並沒有。大湖人相信這座山是神山，所以紅色的黏土也是一種解藥——大湖人愛吃的海魚，諸如石斑、大爐麻過、海雞母、花臉等，都是百十斤重的大魚；因為在海中吃了有毒的蝦蟹後，毒素殘留在魚肉中，人吃了以後，產生閉骨、中毒、全身無力，還有肌肉痠痛等症狀，發作起來幾乎無法走路，更甚者會痛到在地上滿地爬滾。只有用神山上的紅泥土，加黑糖泡開來喝，飲用幾次之後，症狀自然解除，神妙無比。

紅泥巴不僅僅只有解魚毒的妙用，更是蕃薯藤最喜歡生長的地方。大山上頭的小塊旱田全部密密種植著一片片的蕃薯田，枝枒茂盛，枝粗葉大，湖下那些沙田需要的所有蕃薯苗，都由這片小旱田提供。每每到了收成的時候，更能見到一擔擔肥大的蕃薯，從這塊臺階地被挑下山去。

大山的東側與阿眉山相鄰，中間隔著一條很深的山溝——塞窟溝。溝裡長滿了茂盛的熱帶原始林，幾百年的老榕樹盤根糾結，濃密的樹冠從山溝深處一路延伸至出海口。老榕是巨大的生靈方舟，所有寄居的房客，無不為了爭取陽光而努力。山蘇在樹冠層上落戶，像莊嚴俯視地面的翠綠冠冕，樹幹密密爬滿了苔蘚及蕨類，期間點綴著蝴蝶蘭。蝴蝶蘭開花的時候，便能見到壯觀的白色花朵自樹冠中探出頭來，恍若真有蝶群飛舞。

每逢榕果成熟的時節，大狐蝠便會成群地飛來飽食一頓。樹枝上滿滿地吊著大狐蝠，不時有其他大狐蝠輕巧地拍動碩大的黑色翅膜，來來去去。樹下是果子狸及小山羌，翻找著掉落的榕果。山溝裡所有的生靈，都因為榕果而齊聚，共同在饜足的盛宴裡狂歡。

大山的山腰處，是闊葉林分布的最上緣，老山欖樹盤矗在此，千百年來無懼海風及鹽分，固執地不肯退讓。山欖開花的時候，滿樹綴滿了細小的白色花朵，在夜裡綻放特殊的香氣，引誘可能的食客們。到了夏季，樹上便掛滿了纍纍的果實，山欖果的風味特殊，是大湖人夏季裡的最愛。

更往上走，山頭僅餘禿裸的火成岩壁，任變換的嵐氣日夜掠過，美麗的鴿石斛攀附在岩縫中而生，開花的時候，彷彿憑空自冷硬的石頭中飛出幾千幾百隻純潔的小白鴿。與鴿石斛伴生的，還有鴨腳母草，在強光照射下，緊緊裹住自己圓胖的身軀，只有在下雨時，才會舒展它鴨掌狀的葉片。鴨腳母草是珍貴的跌打損傷藥草，只有在這神山的絕壁上，才尋得到它的蹤影。

大山的南側是背風面，有另一條山溝橫亙而過，山溝直通大湖村落，溝中有道泉水，隨著季節豐枯。雨季裡，山溝裡便會出現一道潺潺小溪，流入大湖澳仔邊的海裡。這一側的雨林，因為背風的緣故，植物長得更蓊鬱，密密盤據整條山溝，在翠綠林相的遮眼下，幾乎無法分辨山與山之間的交界。所有生靈在這裡自由出入，遁入樹冠搭建起來的祕境。蝴蝶蘭更加盛放，這裡，是一個生命搖籃，收容小島一切來此的生物。

沿著山溝而上，半山腰處是一大片竹林，時光彷彿在這片竹林停滯，數十年來幾乎沒有改變過。竹林不曾開花，繁茂地長在山腰溝渠兩側，只有在春夏時分，才會看見紛紛冒出頭來的野竹筍，掀開厚厚的落葉，爭相指向天際。野竹筍是大湖夏季限定的珍品，採筍，便成了大湖人夏季竹林裡最熱絡的活動。

野竹林中，自生著一種魚藤，冬天時巨浪濤天，無法出海捕魚，幾近封島，大湖人會來此採魚藤，用以在潮間帶抓捕小彈塗魚。因為這是抓魚的上好迷魂劑，故得名魚藤。把魚藤的根部採集起來曬乾，要使用的時候，拿一些剁碎，撒在潮池裡，會滲出乳白色的汁液，很快地所有的小魚都紛紛被迷暈。將這些小魚給抓起來，半煎炸後以一點點鹽、糖調味，便是冬季裡可口的小菜式。

綠島素來有墾地燒山的耕作傳統，但是大湖人有一個共同的默契——墾地只能到丘陵臺階地這裡，兩邊的深溝、半山腰到山頂，都是不可逾越的邊界。起因是因為早期其他村民曾經因為墾荒燒山的緣故，大火延燒了幾個日夜，燒去島上大半的熱帶雨林，將其他兩座高山給燒得面目全非，僅餘猙獰可怖的大地傷疤，唯獨大山幸運地逃過一劫，保存了島上最後的美麗風貌。所以大湖人謹記這個教訓，將綠島上最後一個蓊鬱的生命搖籃給保存了下來。

大山的山頂，是大湖人的宗教聖地，是守護大湖村的神靈駐守之地，通往天聽最近的道路。佛祖的聖碑就座落在大山的正前方，面向東方廣闊的大洋。所有大湖人都知道，在風雨交加、伸手不見五指、最絕望的深夜裡，大山的山頭會散發出五彩的光芒，指引著漁船找到回家的路，順利返航。許多大船，無論是不是當地人的船，都曾在迷失方向的時候，藉由大山的指引度過災劫。

父親的故事裡，有先人篳路藍縷的足跡，大湖村的一草一物都是歷代先民辛勤的結晶——成排的咕咾石牆、海岸林，在悠悠歲月中替我們遮蔽強風、海水；大山的紅泥栽種出最好的蕃薯藤，供養大湖人的肉身需求，紅泥水亦治癒了村民受創的軀體；神山提供心靈的庇護，日夜指引著大湖人的心，使其永不迷失；大山兩側的山溝則是大自然的寶庫，孕育綠島最燦美的生態樣貌。這一切的一切，均化為我小小心靈中永不磨滅的記憶。

每當我抬頭仰望大山的剪影時，溫柔的月光灑遍稜線，彷彿在替我一遍又一遍演示著，關於大山的所有美好。

第六章　蓋鹿寮

阿眉山下那片野茅草已經吐出花穗，芒花開在初秋的時光裡，隨風搖曳著，白茫茫的一片，使得這片荒野，沾染了秋的蕭瑟。

茅草開在秋天裡，象徵著生命成熟，也即將走到盡頭，不久後即將枯萎了。村民們在一人高的茅草叢裡拿著鐮刀收割茅草，隨著窸窸窣窣的割草聲，帶起一陣白茫茫的茅花隨風四下飄散而去。小島初秋的陽光還是顯得炙熱，忙碌的人們不時地用手拭去額上細密的汗珠。

村裡幾位老人家，自野芒叢中抽出一根根的花莖，在手中握成一束。當手掌再也無法容納時，就綁成一小捆，一捆一捆的再集中成一大捆，這就是秋季裡他們最喜歡的工作——成捆的花莖不是為了插花，而是為了做出一把美麗又實用的掃帚。

茅草蓋成的小屋冬暖夏涼，極適合家禽家畜居住，所以村裡四處可見茅草蓋成的小屋，家家戶戶都會蓋個一兩間來飼養家畜。但是茅草屋頂不耐風雨的吹襲，因此每隔兩三年便要把屋頂翻新一遍，所以大家都會選在深秋盛產茅草時，替自家的畜舍翻新屋頂。

我家那間鹿寮座落在房屋的左側，裡頭住著一隻公鹿、三隻母鹿，在村裡算是一間不小的鹿寮了。養鹿的主要目的，是取鹿茸還有小鹿——鹿茸是珍貴的中藥材，可以賣到很好的價錢，而小鹿可以選擇留下，也可以賣到不錯的價格。鹿群平日很溫馴，但是公鹿在秋天裡會焦躁不安，夜裡發出奇怪的叫聲，鬧出很大的動靜。所以要用鐵鍊將公鹿拴起來，如果不鎖住牠，那三隻母鹿可能會受傷，甚至失去生命。

大湖村遠在阿眉山的背面，對外交通不便，幾乎所有事情都要村民們自己動手；翻修鹿寮這種大工程，是大家協調好順序，輪流翻新各家的鹿寮。父親跟村裡的朋友們排定了時間，就在十月中，輪到我們家翻修鹿寮。

終於到了蓋鹿寮的日子，當天還濛濛亮時，村裡的二十幾位壯漢就到齊了。他們依照工作任務分配成三組——三、四人去砍竹桿、一人去割細藤仔，其餘的人去割野茅草。大夥兒得了任務，抄了傢伙，便浩浩蕩蕩地出發了。砍竹子還有割藤仔的人往大山右側那片竹林出發，割野茅草的人則是去往阿眉山下那片野地。一群人很快地消失在竹林和野地中，只聽見柴刀砍在竹子上的「篤、篤」聲，不時自林中傳來。

男人們在外頭忙著，這頭的婦女們也沒閒著。母親請來了幾位鄰居的好姊妹們，一起製作今天中午的午餐。作為蓋鹿寮的主人家，必須提供一頓豐盛的午餐給來幫忙的人們，表達主人家的感激之情。準備吃食的工作，甚至比蓋鹿寮還要繁複，從昨天起，就看到母親一直在忙著備料。

在來米和花生，洗淨之後泡水過夜，放入石磨中，一匙水一匙米，細細研成粉漿。一人在木架上一圈一圈地推著石磨，另一人徐徐舀入花生和米，磨好的細緻漿水從石磨流出，滴入底下盛接的盆中，散發一股質樸的香氣。磨好的粉漿叫做「豆頭」，潔白的在來米漿裡羼入花生，混合成一股淺淺愉悅的纖細咖啡色調，米與水的比例要拿捏得當，豆頭得不至於過稠或過稀。再從家家戶戶都栽上那麼幾株的九層塔上，挑選頂端嫩葉，切碎以後拌入豆頭裡，再加入一點鹽；用湯匙舀起，倒入熱油鍋中煎成一塊塊圓形小餅，等到煎至兩面金黃「恰恰」之後，便完成了全村老少最愛吃的「芡粿」。芡粿以米香為基礎，飄散一股細緻的花生香，又混入九層塔個性強烈的香氣，口感焦香酥脆，令人齒頰留香。

過年時醃製的三層肥豬肉，先切成大塊，入鍋煸香，煎至表面金黃後，注入清水，再加入切塊的飛魚乾，擺上一點薑片、幾段蔥與辣椒，一些米酒去腥，用文火慢燉。飛魚乾在被陽光、海風脫水的過程中，美味會加倍濃縮，轉化為一股有別於鮮魚的深奧風味，這股來自陽光的美味藉由燉煮的過程緩緩地釋放出來，魚乾中沁入豬肉的肥油，有效地平衡了肥豬肉的濃膩厚重，這道由飛魚和豬肉共譜的美食就完成了。

章魚是珍貴而稀有的漁獲，捕獲之後曬成魚乾。將章魚內臟取乾淨之後仔細攤開，攤在鐵網上曝曬，五斤的章魚曬下來只能得到一斤。章魚乾的風味特殊而且複雜，是大湖人不可多得的桌上佳餚，除了少數自用做節慶料理之外，通常都拿去賣掉貼補家用。為了答謝來幫忙蓋鹿寮的人們，媽媽取出了珍藏的章魚乾，先將章魚乾泡幾個小時的水，使它充分地泡開，伸展、還原，再切成小塊燉煮兩小時，使章魚肉軟爛好入口。再起油鍋，放入切細的肥豬肉絲，同章魚肉一起拌炒，起鍋前，擺入自家種的蒜苗，蒜苗切成大段保持口感，稍微拌炒一下便可起鍋。豬肉的鹹香、章魚的鮮味、蒜苗微微的嗆辣，使得整道菜口感豐富味覺層次鮮明。

大山右側山腰，有一大片野竹林，採竹筍要趁天未亮前，竹葉還含著露珠的時候，仔細找剛冒出土表一點點的新生嫩筍——竹筍成長極快，一旦曬到太陽就會發苦，所以掘筍需要極佳的眼力，才能在滿地的竹葉堆中精確地找到竹筍。掘來的竹筍，切成細條後煮熟，再曬成筍乾以利保存。筍乾泡水發好之後，和肥豬肉細火慢燉，再擺入醬油上色，以冰糖平衡鹹味。筍乾能吸入豬油的油膩感，轉化成噴香濃郁的滋味，帶著肉香味的鹹鮮野竹筍乾，是最下飯的一道菜。

夏天的馬鰮漁獲量大，馬鰮肉身肥厚少刺，最適合曬成鹹魚乾。將新鮮的馬鰮去鱗，自背部對半剖開，除掉內臟後抹上粗鹽，攤在屋頂上的馬鰮魚乾彷彿成了一片片待飛的瓦片，是夏季一道特殊的風景。將鹹馬鰮魚乾充分泡開後，用開水燙熟，再剔下魚肉，入油鍋炒至焦香，起鍋前撒上香蔥，便是一道簡單下飯的漁家美食。

綠島一年四季都盛產丁香魚，丁香魚成群地住在珊瑚礁岸邊，只要漲潮時拿著簡易的魚罟便可以輕易地撈捕。將丁香魚曬乾，便是炒菜時最佳的配角，賦予整道菜一股簡單又鮮美的海味。媽媽先將土豆給煸熟，再起油鍋爆香蒜頭，加入土豆與丁香魚乾一同快炒，土豆的濃郁香味混合了魚乾的鹹香滋味，那香氣竄出老遠，勾得一旁的人們饞蟲直冒。

海邊茂密的林投林，葉子粗厚又帶有尖銳的倒勾，但是它的嫩心葉，卻是一道風味清淡的美食。先把採來的林投嫩心葉滾水汆燙，去除林投特殊的臭青味後放入冷水中清洗，再和豆頭一同炒熟。豆頭炒林投，取林投之爽脆鮮美，佐以豆頭的濃郁醇美，兩相對比之下更顯得相得益彰。

拿著簡易的魚罟就能輕易地撈捕丁香魚（歐陽文攝影）

綠島野地常見的小棕櫚樹，剖開後取其樹幹嫩心，滋味鮮美無比，比半天筍更清甜，是一道難得又貴重的珍餚。為了今天的午餐，昨天就已經先去野地裡砍好了棕仔心，切成片狀，加入豆頭共煮，就完成了一道鮮甜的棕仔心煮豆頭。

芋頭蕃薯，是紫色的蕃薯，因為剝開來內裡的肉像芋頭一樣是紫色，但芋頭是淺淺的紫色，芋頭蕃薯卻是更深的紫水晶色調，口感綿密香甜。因為產量稀少不好照顧的關係，大湖人種得不多，通常還是種產量大的紅肉跟黃肉蕃薯居多。將芋頭蕃薯切片後，裹上一層薄薄的地瓜粉油炸，最能體現出它獨特的香氣及甜酥的口感，是最受歡迎的甜點。

魚粽是節慶或宴客，必不可少的一道主食。包魚粽時先將糯米用木桶蒸熟，木桶炊出來的熟糯米帶著一股清新的木質調香味。趁著炊糯米時，起油鍋爆香紅蔥頭，再放入切成丁的鮪魚跟旗魚肉，還有菜脯丁跟一點點肥豬肉。等糯米熟透時，料也炒好，就可以拿新鮮的月桃葉捲成漏斗狀，先填入糯米，再放入炒料，最後填上糯米綁緊壓實，魚粽就完成了。食用時只要簡單地蒸一下，就可以立刻上桌。魚粽散發著特殊的月桃清香，一口咬下，糯米充滿彈性的口感混著滿嘴的魚香在舌尖組成一首交響樂，沾滿海島獨特的風味。

菜都煮好後，時間也差不多近午，在外工作的大夥都陸陸續續回來了。割細藤的人是第一批回來的，挑著兩大捆綠色的細藤仔，從山上氣喘吁吁地回來，把藤仔往地上一擱，先在一旁喝水休息，餘下的工作由已經炒好菜的婦女們接過，將細藤剖成兩半，一小捆一小捆堆放好，準備下午綁草屋用。這時砍竹子的四位大叔也跟著回來了，每個人都扛著一大捆長而直的綠色竹竿；一頭扛在肩上，後頭拖著長長的竹葉尾巴，一路窸窸窣窣半拖半扛地回到家來。雖然他們每個都滿身大汗，但是依然說說笑笑，對這些辛苦絲毫不以為意。

而在通往山上狀元地的彎曲小徑上，一群挑著茅草的人也魚貫下山來了——因為茅草捆太粗大了，在逼仄的狹窄小徑上，不時就會被路邊茂密的樹枝給勾到，左擋右扯地，下坡的路走得異常辛苦；對於扛著茅草的莊稼漢子們而言，肩上的負擔無形中被地形還有樹林加重了許多。

茅草終於被扛回來，堆在鹿寮的正前方變成一座半綠半黃的小山——這是今年的新茅草，入秋之後方成熟，還帶著絲絲綠色，並沒有完全轉成枯黃，有著粗壯筆直的草梗，是給鹿隻蓋一個遮風蔽雨屋頂的最理想材料了。

等到出外忙碌的人們都依序回來後，終於到了午餐時刻。在露天的庭院中，母親擺上五張大桌子，讓來幫忙的朋友們聚在一起，開始享用今天特別為他們準備的大餐——一大鍋白米飯，加上十道特別準備的大菜，這樣的盛宴，比起節慶時吃的，豐盛程度有過之而無不及。大家添上滿滿的一大碗白米飯，挾起菜餚，大口大口滿足地吃著。

村裡的其他小孩們也趁機跟在他們父親身邊，一起享受這頓豐盛的餐點。芡粿是他們的最愛，煎到焦香的芡粿，配上九層塔的香氣，令人難以抗拒。大人們用餐中不忘挾幾塊給旁邊的孩子們，親子共享這一頓難得的大餐。魚粽一人一粒，扒開月桃葉，粽香混著月桃香、魚香，特別勾起人們的饞蟲，吃得大夥兒是交相稱讚，埋頭大吃，彷彿將早上因為操勞忙碌而帶來的疲倦都給拋諸腦後了。

吃過飯後小歇一會兒，也不管太陽依然散發著強烈的熱度，蓋鹿寮的工作正式開工了。

蓋鹿寮的第一步，首先就是要搭建屋樑。屋樑用從阿眉山上砍來的竹子搭建而成，粗大的竹子當橫樑，一排一排地架上去，再放上一根根的直樑，橫樑和直樑的交叉處用細藤仔細綁緊綁牢後，橫樑和直樑就交叉變成一片格子狀的斜屋頂，相當堅固牢靠，甚至人站上去都能支撐得住。兩側的斜屋頂都綁好以後，用一根粗大的竹子當大樑，放在屋頂的正中央，再把兩側的橫樑綁在這枝頂樑上頭，這樣就構成了一間結構牢靠、堅固紮實的竹屋。

屋頂的結構完成之後，接下來就是要蓋茅草屋頂了。蓋屋頂首先要考量的，便是不能漏水，因此排水性是非常重要的。用來蓋屋頂的材料是茅草，它是細條狀的，並不是一整片，所以第一層茅草得先從屋緣開始鋪，鋪滿整排屋緣的茅草後，中間必須橫向地綁上一枝竹子，並將茅草上的竹子和橫樑的竹子牢牢綁在一起，一排一排往上覆蓋上去，蓋完一層再蓋第二層、第三層，直到連續覆滿四層茅草，這時整個茅草屋頂的厚度將近四十公分，雨下得再大，都不會滲漏進來。

兩邊的茅草屋頂都綁好蓋完之後，再處理頂樑的部分。頂樑必須蓋成一道讓水無法滲進來的屋脊，首先要將茅草的頭左右相間，緊緊地用兩根竹子左右對稱地綁住，連續四層，最後會變成一道隆起的屋脊，既能防止漏水，又有排水的功能。屋頂大致完成以後，剩下的工作只有修飾屋緣而已。屋緣上突出的不規則茅草尾端，用大剪刀把它給修飾得整整齊齊，既賞心悅目又不會亂滴水，人們來鹿寮時也不會被亂垂的茅草給擾亂了視線。

一座嶄新漂亮的鹿寮就這樣蓋好了，從材料的取得，到屋頂的完成，僅僅花了一天的時間而已。如果沒有村裡的朋友們幫忙，自己來蓋鹿寮的話，光是割茅草就要一週以上的時間。大湖村的所有人，像一個緊密連結的大家庭一般，無論是蓋鹿寮、抓魚、種田、搗米、種花生，甚至喪禮，大家一直以來都是這樣互相扶持，互相幫助，在這個貧瘠的小島上一起站穩腳跟，面對生活的考驗。整村的感情極好，甚至到了夜不閉戶的程度，大湖，就是這樣一個遠離人心計算，又安逸平和的小村落……

鹿寮完工後，父親就將暫時寄放在朋友家的那四隻鹿給牽回來，住入剛完工的鹿寮。牠們在鹿寮之中抽動著鼻子，四處嗅著新家的氣味，溫和的大眼睛裡，似乎透露著對新家的滿意及喜歡。新的鹿寮也象徵著生活的新希望，我從父親滿意的眼神中，似乎看到，明年順利出生的小鹿，以及春天毛茸茸的新生鹿茸，那毛茸茸的樣子，像極了屋頂那一簇簇嶄新的茅草，正散發著愉悅的光……

第七章　老水牛

粗壯的四肢、圓滾的肚皮，頭上向後長著彎曲如鋒刃的一雙大黑角。這樣威武的外觀輪廓下，卻鑲嵌著一雙圓滾滾的大眼睛，眼神溫和而無辜，總是慢慢嚼著口中的草，悠閒擺著尾巴，彷彿世間再無事情叫牠煩心——牠是我家最重要的成員之一，老水牛。

從我懂事到足以開始奉獻我微薄的勞動力開始，牽牛，就成為我的工作。我的童年，泰半都是在這隻老水牛的陪伴中度過的。大湖村裡的每一戶人家，都會養一頭水牛，而每天牽牛去吃草喝水，是責無旁貸的日常；所以村裡的每個小孩，從小就要學習照顧水牛。

聽父親說，我家這頭老水牛，才滿周歲就被牽來了。當時還只是頭小水

大湖村裡的每一戶人家都會養一頭水牛（歐陽文攝影）

牛，不足以承擔任何粗重的工作，所以被悉心地照料著。但是水牛是很有靈性的動物，小水牛離開了媽媽，一開始極度不適應大湖的新生活，總是找到機會就亂跑，似乎總想找到回家的路，回去牠的媽媽身邊。還好大湖村不大，小水牛了不起就逛到山坳邊而已，很輕易可以把牠給找回來。後來小水牛總算適應了大湖，才不再亂跑。

水牛養到兩、三歲時，就需要給牠穿鼻環。因為牛鼻子非常脆弱，只要給水牛穿上了鼻環，輕輕拉著鼻環，水牛就會乖乖跟著人走。穿鼻環要趁早，因為年紀小的水牛，鼻子間的隔膜比較薄，容易打洞。打好洞以後，就在鼻子上掛一個圓形的鼻鎖，綁好繩子，就可以輕鬆地控制水牛的行動了。

大湖村裡的水牛有很多隻，公母都有。公牛必須在一歲左右就先行閹割，否則長大了以後會因為發情而脾氣爆烈，難以控制。一般用來耕種犁田的水牛，都不會讓牠們生育，因為會影響到日常的耕作——大湖村的水牛都要去犁水、旱田，整年都有工作得做，假如沒有犁田的水牛，那些田地都要荒蕪了。

我家的這頭水牛是母牛，雖然沒有公牛的力氣那麼大，但母牛勝在脾氣溫

和，較易駕馭。看牠總是踩著穩健的步伐，不疾不徐地配合著父親，拖著犁翻過一壟一壟的蕃薯壟；大大的身軀，筆直的步伐，總透露著令人安心的氣質，我想，這大概是為什麼父親會選擇母牛耕田的原因吧。

當小母牛養到三歲時，就要開始訓練牠拉犁耕田。訓練時，先尋一塊稍大的沙土地，方便讓小水牛練習。父親先在小牛的頸部掛上一個用天然彎曲木頭做的咖掐（牛軛），再以頸繩綁好，兩側各拉出一條粗繩連接到後方的犁頭。這樣一來，牛隻走動時，由人在後方控制犁頭插入土壤的角度，人與牛配合，便可將沙土給攪動翻起。

小牛第一次掛上這些沉重的農具，是很不習慣的，拉起犁來彎彎曲曲的，左搖右晃，根本無法犁出筆直的田溝。所以光是訓練小牛拖著犁筆直前進，就要訓練一陣子。犁出直線也僅僅只是最基本的要求，等到小牛終於可以拉穩犁之後，還要訓練牠的穩定性、人與牛之間的默契配合，才不會忽快忽慢，田溝忽淺忽深。在人牛相互磨合的過程之中，父親也慢慢地教會了小牛聽懂幾句基本的指令——「哈」是前進、「歐」是停止。

訓練小牛，一般都是挑在農閒的時節。訓練是每天都要固定練習的。父親帶著小牛，在那塊沙土地上一次又一次地來回走著。我看著一人一牛的剪影，從搖搖晃晃到步履穩健，從毫無默契到配合無間，在父親「哈」、「歐」的指令聲中，一年的時光飛逝，小牛的體型似乎又壯大了一些。

然後總算可以開始牽牠下田了——年輕的小水牛耐性還是不夠沉穩，初期也只能做些翻動土壤的簡單工作，讓土壤呼吸一下。至於水田、土石田，還有大山上面那些黏黏的紅泥田，牠依舊無法勝任。在家裡的小水牛還沒成長到可以獨當一面之前，父親都是借用鄰居的大水牛來完成犁田耕種的任務。

初秋時節，阿眉山下又開滿了白茫茫的野芒花。我的新任務，就是牽著牛上山去吃草。這是我跟牠第一次一起走通往山頂那條曲折蜿蜒的小路。我走在前頭，牠跟在我後頭，緩步朝向山腰走上去，斜坡上「之」字形的小路，讓牛隻走得很辛苦，路窄坡陡，並沒有太多迴旋折衝的空間，尤其是坡度的落差，更讓牠走得費勁且辛苦。

我人小機靈，先走在前頭引導牛隻，必須慢慢等牠自己找到適合的姿勢及

落腳點再爬上來，不能催促牠，否則牠一緊張，撒開蹄子亂走，很有可能會直接跌落到另一邊的山谷。幸好我家這隻小母牛很善解人意，在爬山路的過程中慢慢與我培養出了默契，雖費力且緩慢，但我也不急著吆喝牠，一人一牛就慢慢地登上了阿眉山頂。

上了山頂，再翻過一條小溝渠，我把牛隻牽到山頂的一片小草原上，初秋亞熱帶的草原依舊綠意盎然，綠色的長草裡，冒出成片雪白的野芒花，在金色的陽光裡隨風翻湧著，偶有一陣大風吹過，便帶起絲絲白芒向著天空之中飛去，像極了草原上翻騰的草濤與浪花。我鬆開牛繩，讓小牛自己去大快朵頤。

山頂的視線極好，層巒疊翠的阿眉山就在眼前，東側是一整片白色的野芒，西側則是蓊鬱的深綠熱帶矮雨林。狀元地那股湧泉，就從雨林的山坳處終年不斷地汩汩流出。山頂那邊，據說是離天庭最近的地方，還住著會通靈的婆婆——前一陣子我還與父親從東側爬上阿眉山，去送鹹魚給她。不知道現在婆婆是否還安好？

隔天一早，總算到了讓小母牛犁水田的時刻了。我們起了個大早，父親先

去狀元地的新田準備農具，我則去草原上，把吃了一天的草又休息了一晚的小母牛牽到狀元地。小牛經過一天的休整，腆著一個大大的肚皮，顯得精神奕奕，跟在我背後亦步亦趨地來到了新田——新田是最新開墾的水田，還沒有太厚的爛泥巴，所以不會把水牛的大腿黏住。

牽著小牛站在田邊，我心裡有點期待，又有點不安。期待著小母牛的表現，又擔心牠無法勝任這個工作。在期待絞著不安的心情中，我把小牛的牽繩交給了父親。父親接過牽繩，輕聲低喝一聲「哈」！

然後小母牛緩緩地拖著沉重的木犁，開始在水田中走動起來。

成了！

小母牛平穩地犁起田來，雖然是半坡上的梯田，牠也沒有絲毫慌亂的感覺，配合著父親的指令，一趟趟地在水田中來回，把田裡的土全部給翻了過來。我站在田邊，看著父親與小母牛配合無間，心裡有點激動、有點雀躍，更多的是替小母牛感到驕傲。

到了正午時分，父親已經跟小母牛犁完了三塊水田——第一次犁田牠也已

經盡力了。休息的時間到了，父親把牛繩交給我，我將牠從水田裡慢慢地牽到一旁的小水窟中，讓牠清涼一下。水牛天性愛水，牠一踏進水窟裡，就把自己泡進水中，只剩下一顆頭露出水面，無辜的大眼睛不時打量著我，似乎在傳達著牠的喜悅。也好，就讓牠泡久一點吧。

午後的工作，小母牛犁起田來更順手了。牠穩健地走在濕黏的田間，配合著父親的節奏，一小塊一小塊地犁完梯田中每一吋土壤。已經習慣工作節奏的牠，不時還會伸出長長的舌頭，勾走幾把嫩草解解饞。父親與牛隻經過早上的磨合，已經習慣了彼此，所以父親在後頭抓犁也輕鬆了許多，犁田的速度也快了不少。隨著太陽漸漸西沉，父親與小牛的身影慢慢變成剪影，長長地投射在地上，今天的犁田工作才總算結束。

我牽著小母牛，又回到那片草原上。鬆開牛繩，牠興奮地跑去找自己的晚餐，尋了最鮮嫩的綠草，低頭大嚼起來。

回家的路上，父親告訴我，經過今天的測試，小牛已經夠成熟了，以後終於不用再去借別人家的牛隻來犁田了。

大湖村的春天，是最忙碌的季節。狀元地那片水田犁完以後，緊接著還有庥仔寮溝那片沙土地、村內靠山邊那片土石地，都要趕緊種上蕃薯——犁蕃薯壟也不是一件輕鬆的事，所以整個春季，父親牽著牛隻從早忙到晚。因為所有平整的空地都被開墾為耕地了，沒有多餘的草地讓村裡的人放牛，所以砍牛草的工作，就落在小孩的身上了。

我跟幾個姊姊必須爬到滾水坪巨犬大黑石後方的山頂，那裡長滿了粗芒草，在春天來臨時，芒草剛抽出的嫩莖是水牛和梅花鹿最喜歡的食草。山頂很高，迎面颳著強勁的海風，稜線旁密密長滿了粗芒草。我們一枝一枝地砍，再一小捆一小捆地綁在一起，十幾小捆再綁成一大捆。每個人挑起兩大捆，逆著風，沿著山頂的稜線慢慢挑下山來。沉重的芒草每每壓得我們都彎了腰，幾乎喘不過氣來。這僅是大湖農忙時繁重日常的一角，這塊火成岩小島嚴厲且公平，只獎勵勤勞。

犁好田的牛，躺在石楠樹蔭下方休息，我們剛挑下山的芒草，就是牠最新鮮趁口的食物。牠柔和地看了我們一眼，就大口大口地嚼起草來，邊吃邊愉悅

地擺動著那條像毛筆似的尾巴。

隨著時序變化，雨季的來臨，大山前面那塊紅泥臺階地上的梯田也隨之動了起來。小母牛又需要上山了。以牛隻的體型跟重量而言，上山一直不是一件輕鬆的事情，哪怕已經走熟了的路也是一樣。一大早天未亮，我就獨自牽著牛繩，帶著牠慢慢步上山階。山階都在稜線上，紅泥土又濕又滑，我們一人一牛有時候走一步還得倒退兩步，幸好牠溫馴而機靈，耐心地配合著我，最後總算上了梯田所在的臺階地上。

清晨的臺階地上，草上還停留著昨夜來不及曬乾的露珠。左邊的阿眉山麓，白茫茫的野芒花已不復見，取而代之的是籠罩著翠綠山林的煙雲霧氣。初昇的朝陽，灑了滿地金色光暉，我呼吸著山上新鮮的空氣，找到田邊的嫩草，先讓牛隻飽餐一頓，並等著父親上山來。

臺階地上，因為下過雨的緣故，紅泥變得更濕更黏膩，因此牛隻必須用雙倍的力量，才拖得動卡在土裡的犁頭。小母牛在父親的指令下，發力拖動犁頭，穩健地在紅泥田中，寫下一壟一壟的蕃薯壟。犁完田後，牠身上沾滿了紅

泥，站在炙熱的豔陽下喘著粗氣，似乎很需要水坑來紓解一下熱氣。我牽過牛繩來，引著牠沿著臺階地的小徑，慢慢走進茂密的雨林中。雨後的森林裡，到處是清澈的潺潺野溪，小牛憑著本能，一下就把自己泡進水塘裡，長長地喘了口氣。

因為山下的草不夠，所以牛隻必須留在山上放牧。因此，整個夏季裡，我每天必須跑兩三趟上山來照顧牠。這樣的生活雖然辛苦，但是見到小牛，是我一天裡，最高興的時刻。

我的童年，便在牧牛的生活中，悄悄飛逝，小母牛與我一同脫去了稚氣。在某個初秋的九月，我必須到大山後面的南寮去念書，無法再照顧牠。走的那一天，我特別去看了牠，看牠一如往常溫馴地吃草，我輕輕拍了拍牠的頭，摸了摸牠彎曲的長角，就如同往常每天會做的事一樣。

我把鼻酸的感覺給憋了回去，轉過身揮手跟牠說了再見，然後大步走開。

第八章　老古井

我家附近有一口很深的古井，要取水必須用繩索綁住水桶，放入一、二十公尺的深水井中，然後慢慢拉起來。繩索沾了水以後特別濕滑，拉的時候要特別注意，一段一段慢慢地拉上來，然後再將水倒入大水桶中挑回家。附近的村民都共用這口井，舉凡飲水、洗衣、日常用水等，都仰賴這口古井提供的清水，所以井邊經常會聚集許多取水的人。

然而這口古井並不普通。它的水位經常性地變化，有時很深，有時很淺，所以關於它是「魚穴」的傳說不脛而走——傳說大湖村後面那座大山，在島嶼形成的時候，壓住了一條鯉魚。鯉魚的頭部向東，剛好在大湖這個位置，尾巴則在大山後面的山溝之中，它吸取、吞吐日月精華，便形成了大湖村的一條地

下水脈。

當初建村時，特別從大島延請來風水師，替大湖村尋覓一個好地理，並定出咕咾石屋的座向。當時風水大師一眼就看出大湖的風水穴位及這條被壓住的鯉魚脈，便告訴村民，這隻鯉魚活著的時候，整個大湖村會欣欣向榮，但是假如被鎮壓的時日久了，它喘不過氣來而暴斃時，整個大湖村的氣運也會跟著衰敗下去。大家聽完之後很是恐慌，便央求大師指點迷津，開示一個解決之道。

經過風水大師詳細的勘查及推敲，要破解鯉魚穴的困境，就必須在整個大湖村之中挖三口水井——三口井的位置並不是隨便亂挖即可，而是有講究的，分別位於大湖村的頭、中、尾，分別對應到魚鼻及兩側的魚鰓位置；村中央那口井是魚鼻，村頭村尾那兩口井則是兩側的魚鰓，如此一來，替這條鯉魚脈打通了口鼻魚鰓，使它能從村中接了地氣，吸取日月精華，活絡魚身，往復循環不已，便可保佑大湖村世世代代繁榮無虞。

由於這三口井事關重大，所以鑿井的一切細節都需按照嚴格的規定來做。首先由風水大師找出三口井的確切位置，再推算出農曆十五為挖井的吉日。三

口井的深度必須一致，同時砌井的石材也要是可以透氣的石頭，才能讓鯉魚脈吸取靈氣，滋養自身。

鑿井的過程極耗費人力。開挖當日，全村的人只靠鋤頭、畚箕，一鋤一鋤地挖出沙土，一畚箕一畚箕地搬開沙土；一旁堆積如山的沙土是眾人揮汗努力的註腳，在有規律的吆喝聲中，一個大沙洞逐漸形成，向下延伸入地底二十公尺——但此時卻還不見水源。就在眾人感到疑惑、徬徨之際，忽然從洞底噴出一股水氣，越噴越大越噴越大，然後是汩汩的清澈泉水開始往外冒出。

就在大家歡呼終於挖到水位時，洞底的泉水卻又慢慢停止，然後消失不見——此時大家大感疑惑，這才想起，鑿井之前風水大師早有預言，見了水氣就是找到了魚穴，但此時卻還沒算完，必須再向下挖約一公尺左右，將鎮井的黑膽石擺放在井底正中央的位置，然後用沙子埋住黑膽石，如此魚穴的氣才會順，水源才會穩定。

於是大家連忙按照師父的吩咐，將井再向下挖深一公尺，此時周遭的水氣更加旺盛，發出嘶嘶的巨響，挖井的村民見了無不嘖嘖稱奇。

時間來到正午時刻，黑膽巨石要正式被安放入井中央。井邊聚集了許多鄰近的居民，大家焚香祭拜神明之後，由長老們下井將黑膽巨石放入井底正中央的穴位，再蓋住沙子，從而鎮住了魚穴。說也奇怪，此時井中央慢慢滲出清水來，不多久，便攢聚了一汪清水，大約有一、二公尺深。眾人見了無不嘖嘖稱奇，也紛紛感到雀躍不已。

造井的工程至此，雖然已經挖出最重要的清水出來，然而後續還有一段漫長的路要走——從井底到井面的井壁高約二十公尺，要用咕咾石一圈一圈慢慢疊上來。大家去海邊搬來大小一致的咕咾石塊，沿著井壁砌上去，一圈砌好之後再往上砌，每一圈都要留一塊凸出的石頭，作為日後上下井底的踏腳石，方便清潔井底的污泥或者維修塌陷損毀的井壁。

去海邊撿拾咕咾石是村中婦女們的工作。她們先在海灘上挑揀適當大小、形狀的石頭，再一擔一擔地挑到井邊，由村中的男人們接手，將石塊搬入井底交給工匠施工，將井壁給砌起來。工匠熟練地依照咕咾石的大小、形狀，彼此嵌合、穿插在一起，再密密填入紅泥，增加其穩固性。圓形的井壁砌起來難度

更高，從開始到完工為止，花了六、七天的時間，慢慢從井底砌上來，最後繞著井口砌出環形的一圈井管，才算完工。

隨著大家勤勞的工作，村裡三口水井的工程相繼結束了。每口井的出水量都相當充足，大家也都知道井中水位高低變化的規律。每天晨昏，許多婦女便會帶著小孩來取水，將清冽的井水挑回家中放入大水缸裡做為飲水；洗衣洗澡就直接在井邊打水，往身上一潑，在炎熱的夏季裡，再享受也沒有了。有了這些井，大家終於不用再抬著水桶到山澗溝渠邊去取那些總是不清澈的紅泥巴水了。

然而每年夏天颱風過後，井水總會變鹹。村裡的長輩們認為井是活的鯉魚穴，會呼吸吐納，在颱風來時吸入了太多的海氣，所以井水才會變鹹。每當井水變鹹的時候，需要給魚穴一些時間排除海氣，所以大家又得去山澗取水來用。經過半個多月的休養，井水恢復正常，才可以繼續使用。

這幾口井除了是重要的淡水來源以外，也充當著臨時冰箱的任務。早上抓到的馬鰮魚如果要夜釣，在白天的高溫裡很快地就會腐壞。井中的水溫恆常保

持著十七、八度的溫度，所以村民將馬鰮魚裝在小籃子裡，吊在井底離水面約二十公分處。井底氣溫冰涼，到了下午要出海夜釣時，馬鰮魚餌還保持著新鮮的狀態，如此一來，當晚便可以釣到許多的紅雞魚、海雞母等大魚。

在日常的使用之外，水井的保養清潔更是所有人一年一度共同的大事——水井因為沒有加蓋，所以很多風沙會被吹入井中，還有下雨時，從井壁滲出的泥沙都會污染井水的水質，一旦井中的雜質累積到一定的程度，便要進行清理。

一年一度的清理水井必須選在正午時刻，因為正午時分的井底水位最低，所以最容易清淤。由於水井深達嚇人的二十公尺，所以下井去清淤的人必須是身手矯健的青壯漢，只見他兩手一伸頂住井壁，雙腳慢慢踩著當初砌井壁時預留的突出石塊，以「大」字形的姿勢一步一步下到井底。等他下到井底以後，上方的人再將水桶垂下，由他挖出井底淤泥，再交給大家拉上去。清淤的工作持續了整整一個下午，只見一桶一桶的淤泥被清運出井口，直到井底水位慢慢爬升到人的胸口高度，一年一度的清淤工作才算大功告成。

水井提供了我們乾淨的清水，悠悠陪著大湖村民走過寒暑，恆常目擊大湖

村的生活與細節。

但有一年，靠澳仔邊的村尾走失了一個年幼的孩子。

整個大湖村緊張地動員起來協尋失蹤的孩童——無論海邊、山裡，翻遍了整個大湖周邊地區，最後竟然在第三口井裡發現了小孩溺斃的屍體。大家對於孩童為何會掉入井中感到大惑不解，同時鯉魚精吃小孩的傳言也開始在村民間流傳開來。於是家裡有小孩的嚴禁孩子靠近水井，大家再也不敢取用第三口井的井水。

這件事造成整個大湖村的所有人鎮日惶惶不安，尤其家裡有小孩的人，更怕鯉魚精不知何時還會作祟奪人性命？為了解決這件事，只好求助於王爺公，希望祂可以替大家指點迷津。

幾乎所有村民都聚集到了王爺公的神桌前，大家屏氣凝神，看著乩童起駕降下法旨，桌頭法師聽後瞭然於心，跟大家解釋——那個孩子命短，注定活不過三歲，跌入井中只是失足，並非鯉魚精吃人。鯉魚乃善良的魚種，這件事非但跟魚穴一點關係都沒有，還會妨礙牠的清修；五日之內，必須將井底清除乾

淨，否則會敗了魚穴的靈脈。

聽完桌頭法師的開釋，大家終於鬆了一口氣。隔日全村的人主動一起聚集起來，齊心協力將第三口井底的淤泥給清運出來。淤泥清完之後，大家又在井邊燒香拜拜，祈求平安，所有風波才算正式有個結果，塵埃底定，村民心中的疑慮才慢慢消除。

隨著日子過去，大湖也增加了人口，人口增加，耕作的需求也增加，所以水牛的數量也隨之增長。因此，夏天裡淡水的供應便開始吃緊。村裡的長者們為了淡水供應的事情，特地聚會討論如何增加水源——尾湖仔那條山澗，終年有溪水自狀元地潺潺流下，只要建一個小攔水壩，便能把溪水給引到村中。

事不宜遲，隔日所有人便動員起來，先簡單地在尾湖仔那條山澗上游建起一座攔水牆，下方再建一個小濾水池，填滿了細沙，能將溪水先初步過濾一下。再用管子將水給引到大湖村這裡，於是家家戶戶都有了溪水可接用了。由於引來的是山澗裡的溪水，雖然經過初步過濾，但是仍舊帶著一點黃色，所以只能用來洗衣，或者給牲口飲用而已。但是溪水的引入，大大地解決了大湖村

過度依賴井水的問題。此後大湖人在夏季颱風過後井水變鹹時，就靠溪水暫時度過，平時則飲用井水，溪水與井水交替使用，從而解決了大湖缺水的問題。

這三口帶著傳奇色彩的魚穴古井，靜靜地見證過大湖村歲月的遞嬗與增長，似乎沒有改變，只有井壁內逐漸增厚的苔蘚，替大湖村斷代。這麼多年過去了，井水甘冽依舊，偶爾帶點海味。那條鯉魚似乎也繼續沉睡在大湖村下，無喜無悲，做大湖村永恆的見證者。

第九章　盛發號

「清明雨，五月風」，一直是海島氣候的特徵。

當五月的南風開始吹起的時候，灘頭上蒸騰的熱氣就像無形的火焰，升起一股逼人的熱流，空氣隨之扭曲舞動。林投樹下的投影，因而躲進了避熱的村民。但是今天似乎特別不一樣，空氣中有股騷動的氣氛，村民們都在交頭接耳地傳著耳語：「聽說下午有船要來澳仔。」大家心裡都知道，今天下午即將有大事，需要全村動員起來。

午後三點，一艘載滿木頭的船，從南寮港開過來大湖村的澳仔——那是一艘足足有二十四匹馬力的大船，高聳巨大的船身把小澳塞得滿滿的，因為吃水線深的關係，只能停在澳仔的中段較深處，不能靠岸。船上的水手吆喝著拋出

四根粗繩，前後左右將大船固定在澳仔之中，讓大船平穩地棲息在澳仔平靜的海水中。

大船隨意地跟著海浪輕擺著，船身看起來既雄偉又壯觀，翹起來的船首裝了一個流線型的頭架，放著一根三叉的標竿，既結實又尖銳——那裡是漁人標魚的地方。船尾也微微翹起，中間的船艙則是引擎室，ㄇ字形的艙屋是船長開船的地方，上方裝有一個瞭望架，在大海中提供水手俯瞰四方的良好視野。船殼漆上美麗的淺藍色，配上紅白相間的線條，吃水線下則漆成棕色，在水面下反射著清淡的光。

船首的頭架下方，左右對稱地刻著一雙紅眼睛，周圍畫著彩色的花紋，綁上一條大大的紅布條，看起來真是神氣極了！大船「噗嚨！噗嚨」的引擎聲沒停下來過，船長用一種傲然的姿態屹立在瞭望架上，指揮著兩、三位船員忙碌著。美麗的大船引來全村一陣騷動！

「這是南寮人的大船！」大湖村民紛紛用羨慕的眼神投向這艘大船。

大船上載著滿滿的黃色木條、木板，濃濃的木頭香氣縈繞在整個小澳中，

讓海風鍍上木質的香氣——這些木頭是大湖村民共同集資，從臺東花了很多錢買來的，是既輕又不會吸海水的上等檜木，準備用來建造一艘十六匹馬力的船。趁著這陣子好天氣，趕緊把檜木給運回來。

這批木頭帶給大湖村民一陣遐思——很快地澳仔就會有一艘像這樣停著的動力船了！大夥兒在這樣美麗的幻想情緒中，很快地合力將船上的檜木給搬下來，整齊地排放在土地公廟前的空地上，準備新船的製造。

全島會造船的師傅，只有大湖村裡這位長者，連南寮都無人會造船——南寮的船是從臺東新港直接買來的。他不僅是一個經驗豐富的船長，也會利用簡單的木塊，雕塑一艘曲線玲瓏、排水順暢，靈活如水中蛟龍的船隻。同時對於船上的動力機械設備也很懂。在這個艱苦又封閉的年代裡，什麼都要靠自己的雙手做出來。造一艘新船，在村裡是一件超級大事，有許多儀式、工作要完成，絲毫馬虎不得，可能要花上好幾個月，才可以完成一艘船。

選擇造新船的位置，經過造船師傅的勘查之後，還必須慎重地經過土地公的允許，才算選好。經過勘查之後，最好的位置就在土地公廟旁那塊空地上，

一來風水方位極佳，二來更有土地公的保庇，施工過程一定會平安順利。村民們準備好祭品，成列地排在土地公廟前，由師傅帶領大家焚香祝禱。拜完後，再由師傅擲筊，土地公很快給了三個聖筊，表示同意了村民的請求，可以順利開工了。

安龍骨是造船頭等重要的一件大事，村裡的長輩選好吉日後，才能把船的龍骨安放在造船架上。吉時已定，全村大大小小來到土地公廟旁參加安龍骨的儀式，大家面向大海，焚香完畢之後，一起看著十幾位年輕的後生把師傅預先刨好的那塊十二公尺的檜木扛上造船架上安放好，船首那根刻著雙眼的船鼻也豎了上去，由師傅綁上一塊大紅布，祈求開工順利！

大湖人造船，秉承先祖們的工藝技術及智慧，不只是一艘航行的船隻而已，而是一件精密的工藝品。船體是一絲不苟的流線型，船頭由尖頭形的結構組成，方便船隻破浪前行。船體中段最寬，裡頭設有餌艙和一個儲魚艙。寬胖的船體利於在大海行駛中保持平衡，而後半段延續中段船體，駕駛室、引擎室就設在裡頭。駕駛室後方的空間再增設一個小儲藏間。船尾則是一個四方形的

空間，上頭雕上船名，然後用紅色的框框圈起來。

新船的命名，經過村裡長輩的討論後，以「盛」、「發」二字為船名，取其「興盛」、「發達」的意思，簡單的兩個字，搭載了大湖人所有美好的想望，希望天天都能滿載而歸。命好名後，再請有名望的老師來書寫，然後刻到木板上。

造船的工作讓大湖村每天從早到晚都忙碌著。造船的第一階段，是要把船的基本結構造好。龍骨是船體結構的靈魂，從龍骨兩旁都必須各安裝十幾根肋骨木條，每根肋木，從船首到船尾都有不同的長度、弧度以及高度。師傅必須先做好，然後一根根連結龍骨，鎖緊，還要連接到兩旁的船體，這是整艘船的雛形。光這個步驟，就花了十幾天的工夫，才完成船體的整體結構，也大致上能看出整艘船的形狀了。此時的船體，像一副骨架，正等著工匠們替它填上血肉，豐滿它的形神。

接著是連結船體的橫向結構——木船有四個隔艙，也就是四條連結肋條的結構，以及旁邊所有輔助的細部構件，都必須先做出來，再安裝上去，整個船體的結構就穩定了。船體內部結構必須扎實、牢靠，容不得絲毫馬虎；否則下

水航行時，將因無法抵禦黑潮洶湧的力道，被無情地拆開、擊碎。

船殼的部分，由厚厚的檜木板包起來。由於船體是有弧度的曲線，所以建造的難度最高。檜木板必須透過拼接的工藝，固定在肋骨上，一塊塊拼接，加上曲度的雕塑，在在考驗著老師傅的工藝技術水準。

老師傅一塊塊地將厚厚的檜木板不規則地接上去，依照船底、左側、右側的先後順序來施作，慢慢地緊密結合每塊木板。村民們有的在幫忙刨木，有些則在鎖緊釘子，配合著老師傅的節奏，細心地將每塊木頭鎖上。船首兩側的流線型船殼最費工夫，因為考量到要將破浪後的排浪效果最佳化，所以拼接的檜木板需要雕成特殊的曲線，才能最大幅度劃開海水、降低船前進時的阻力。

船殼兩側，主要是連接船首和底板的部分，用檜木板拼接成圓弧狀的船身，也需要特殊的雕工，需要老師傅零碎、複雜、高超的工藝技巧來打造，非常曠時費工，才能完成船殼。除了考驗造船人的手藝以外，更需要造船師傅無比的細心還有耐心。

船殼做好之後，接著便是製作船體內部的隔艙。船體內設計成隔艙的主要

功用是防止進水，一來分區隔堵進水，二來也強化船體的結構；所以製作的每個步驟都要獨立施工。四個隔艙都有不同的作用——第二個隔艙要做成活艙，底部挖出大小適中的洞，讓海水可以自由進出，水位再根據船的重量自由調整，裡頭放養活的小丁香魚，供釣煙仔魚用，所以特別費工。

十六匹馬力的動力引擎放進船艙之後，開始封船甲板。甲板也是檜木板製成，從船首開始封到船尾。三個隔艙都必須做好防水凹凸蓋板，防止船行大海時，激浪衝上甲板，流到船艙中。船緣的兩側再做出讓船員行走的甲板，有如兩道收斂在船體的翅膀，一方面讓船隻平衡，二方面也有排水的功用。

駕駛艙是整艘船的大腦，ㄇ字形的大艙釘得高高的，裡頭除了放置駕駛機具之外，也放釣具，更重要的，還要留一個空間來安放媽祖婆的神位。艙外釘了一個高大的架子，供水手爬上去觀測海相，以及放長釣竿。整艘船的許多細部設計，都是依照航海的實際需求來打造，既符合實際需求，也體現了航海人千百代傳承的智慧。

這艘船並沒有做頭架。因為它主要是拿來釣煙仔魚用的，不是鏢旗魚用

的，長長的頭架反而妨礙釣煙仔魚時的空間和靈活性。

經過幾個月的製作時間，時序已經入秋，造船也來到最後一道工序——防水處理。木板拼接之處，有許多縫隙，師傅用油線先將拼接的縫隙塞住，用平口鉗子一一敲進去，再封上一種特殊的防水油土。任何一處都不能放過，從外側的船殼到內部的船艙底，每一處縫隙都在師傅如炬的目光下被揪出來，填平。

第二道防水工序是刷油漆。油漆的作用是美觀和防止木材吸水——船體如果吸收了水分，會變得很沉重，除了加深吃水可能沉船外，在大海中根本就爬不動；所以除了甲板之外，整艘船裡裡外外都會刷上油漆。師傅先刷上一層白色的底漆，在刷第二層漆之前，會先把船的吃水線畫出來；水線以下用咖啡色的油漆，以上則是淺藍色。整個船殼漆完後，再沿著外緣漆上兩條平行的紅線及白線，讓整艘船看起來既高雅又漂亮，透著一種嶄新的意氣風發。

船頭那雙眼睛，經過師傅雕琢之後，紅色的雙眼，配上八爪的圖案，紅藍白相間，是整艘船最有靈氣的地方。尾部的船名用醒目的紅色大字漆上去，遠遠就能看到「盛發」二字，給人家一種神氣的感覺。

新船造好的那一天，村裡的人無不雀躍，看著土地公廟旁那艘新船——盛發號，終於完工！這個喜訊傳遍整個島嶼，連過山[4]的南寮村跟公館村都聽到風聲了——大湖造出一艘漂亮的新船。很多過山的島民不辭辛苦地沿著過山小道、或海邊沙灘過來參觀。這一天，大湖人臉上寫滿了得意和驕傲。

這是大湖開村以來，第一艘自己造的大船，意義非凡。

新船「盛發號」的下水典禮，格外地盛大隆重。在吉日當天，大湖村民大張旗鼓地廣邀外村的親戚到大湖來作客；下水活動選在午後三點，此時船上插著山上砍來的竹子，駕駛艙上頭綁著五顏六色的彩旗，從船頭拉到船尾，隨風飛揚，將整艘船裝飾得耀眼非常。村裡家家戶戶都要獻上祭品，除了普通的祭品之外，還要額外準備糯米做的紅龜粿，以表示心中的慎重以及敬意。

4 南寮及溫泉之間隔著阿眉山，所以綠島人以「過山」來稱呼山的另一端。

整個澳仔的海灘擠滿了人潮——大人小孩、外村的人，都引頸想要目睹這歷史性的一刻。

先祭祀完土地公後，再開始海祭跟船祭。村民們虔誠地奉上祭品，香過三巡之後，將一部分的紙錢燒給媽祖婆，另一部分則撒向大海給好兄弟。但是小孩們最期待的活動在後頭——撒糖果。在那個艱困的年代裡，糖果是稀有的物資，平時根本沒有機會可以吃到的，所以大家都顯得格外興奮。

幾位村裡的長者登上船頭，拿出船上早已準備好的幾桶小糖果，在一串爆竹聲後，煙霧還沒散去時，就揚手將糖果撒向沙灘上的人群。大家在沙灘上興奮地搶成一團。糖果四散在沙灘上的每個角落，熱烈的驚呼聲中，大夥兒不分大人、小孩，無不在爭搶那些小糖果，就像海裡的煙仔魚群萬頭攢動的覓食景象一般，越多人搶，就表示這艘船日後會帶來越多的豐收。

所有參加的人，將沙灘上的新船給包圍得水洩不通，所有人都在熱烈地搶著糖果，將下水典禮的氣氛給推上了最高潮——熱鬧的新船下水，預告著明年將是豐收的一年，小村人潮的盛況除了是吉利的預兆，也撼動著全島人的心靈。

盛發號的竣工，給大湖村立下一道新的里程碑，也增加了大家討海的本錢。太平洋、黑潮從來都不溫馴，反而處處充滿自然的無情及殘酷。漁人們世代居住於此，胼手胝足地打拚，在風浪的磨礪中站穩腳步，煥發出生命的堅忍及韌性，大家，都需要更努力，跟大海、黑潮搏鬥。揚起盛發號嶄新的旗幟，期待一個更美好的明天。

第十章　牽馬鰮魚

澳仔，是大湖村落最重要的地方。這裡聚集了許多隻小舢舨。

整個大湖村被四周的大山包圍，唯一通往大海的路就是澳仔。澳仔位於村子的南邊，東方是一望無際的大洋，北邊是睡美人礁，南邊是滾水坪。滾水坪狹長的海岸是死者的國度，和大湖中間隔著一塊神似凶猛巨犬的大石，劃開陰陽的分界。巨犬日夜威嚴地俯視著澳仔，像是在警惕著漁人——大海是無情的。

其實澳仔只是一條很簡單的水道，兩邊是天然的珊瑚礁岸，形成了一條直通太平洋的深溝。澳口旁持續著長長的礁岸，浪花不止息地日夜拍打著，發出悠揚的節奏。夏季的大海如同一位溫柔婉約的姑娘家，滑順的洋面幾乎看不到一朵浪花；但是一到了冬季就會變成一個面目猙獰的武士，用激浪守住澳口，

使得大湖人無法出海，封澳最少一個冬天。

沙灘上擺著幾隻大大小小的舢舨船，祖先們就是乘坐著這種船來到綠島的——沒有動力，靠的只有風力還有人力，每當北風開始吹起時，大湖人就會升起一片大布帆，毫不遲疑地駛入黑潮，拖釣隨海流現身的破雨傘魚。

小土地公廟就座落在澳仔的正上方，可以凝視著小澳的位置，看守、保護著小澳裡出入的船隻。今天是好日子，下午全村要到澳仔拜土地公，因為抓馬鰮魚的團隊要開張了，這是村裡的一件大事。下午四點是吉時，村裡每戶人家用小碗裝著各式各樣的祭品，用竹籃挑到沙灘上。祭品一碗碗整齊地從小土地公廟前排到沙灘上，非常壯觀，彷彿大湖人虔敬的心願，順著祭品蜿蜒入小澳，祈求這次抓馬鰮魚可以順利豐收。

大家集體焚香祈拜，然後把手中的香一支支插入碗中，請土地公、好兄弟分享。香燃過三分之二以後，成堆的紙錢齊燒；儀式的過程必須虔誠，只有大人可以主持，小孩在旁邊安靜地觀看。幾乎全村的人都在這裡，祭拜結束以後，大家接著開始討論抓馬鰮魚的器材、工作、還有時間分配等細節。

舢舨船在後頭，大龍安詳地趴在左右兩側。大龍是每戶都要做一件的大網，長約十幾公尺，寬約三公尺，網目較大，下緣要咬住重重的鉛塊，上緣則是綁住海邊撿來的浮標。網身的目孔是冬季漁人無法出海時做的，把整片十幾公尺大的網製好，這是各戶的基本工具。兩艘舢舨船和縮網是團隊裡的共有財產，這種集體共有分享是大湖村最早的一種社群模式，因為生活艱困，大家唯有團結抱成一團，才能有和無常大海一搏的本錢。

每家每戶的大龍都搬到沙灘上，分成左右兩組放好。首先要先把網和網串連起來，分別放在兩艘不同的船隊舢舨上，小小的舢舨上頭堆滿了大龍。縮網則是放在領頭舢舨船後方，兩船一組。三十幾人的船團中除了搖槳、放網的固定由年紀較大的村民擔任，其他都是趕魚組的年輕壯漢。

主要的漁場有兩個，北邊是睡美人下方的小澳漁場——這個漁場在澳灣之內，黑潮在此往北流去，通往哈巴狗的缺口處，形成一道回流線。漁人們就在平行回流線上，順著洋流放下長長的大網，隔開魚群，再透過漁人下水恐嚇、追趕魚群，將整群馬鰮魚趕入領頭的兩艘舢舨放下的縮網之中，一網打盡。

南邊的漁場在滾水坪附近廣袤的洋面之上，黑潮在此和滾水坪平行，中間有一道緩流區，沒有洋流。馬鰮魚時常順流北上，夜間會由北向南，逆向游入緩流區覓食休息，村民就利用這個群聚地形，在外面放一道長長的大網，像洋流中的長城，堵住馬鰮魚出去的路，然後在最南邊用縮網把魚群全部網住。這裡，是全綠島最好的一個漁場。

午夜剛過沒多久，船老大就開始挨家挨戶地叫：「牽馬鰮魚了！牽馬鰮魚了！」

漁人的訊號在寂靜的夜裡，彷彿暗室裡的燭燄那樣，特別醒目，立即傳遍整個小村。年輕的漁人們摸著黑暗，在伸手不見五指的凌晨，帶著自製的白水木潛水鏡，光著上身從各條小徑出發，到澳仔聚集。黑暗中小村悄悄地活絡起來，老人和小孩都在家裡盼望著幾小時後的結果——他們會在天亮後，聚集在澳邊，翹首等著舢舨船的歸來。

二、三十位壯漢在黑暗中準時聚集在澳仔的沙灘上，先檢查堆在船上的大龍、縮網，將它們依頭尾，有次序地排列放好，既防止打結纏繞，也可以加快

放龍的速度。資深的掌船人不時查看著東邊漆黑海面上的雲層，也專注地聆聽著耳邊的海風、還有拍打岸邊的浪聲。仔細地檢查過濾天象的每一個細節，用以作為是否出航的根據——如果東邊的天際在夜裡出現色彩，表示清晨的北風一定轉大，是不適合出海的海相。

今晨的海面東邊是漆黑一片，連風都是靜止的，無聲無息，微弱的浪聲輕輕舐著海岸，這一切都指向好天氣的預兆，可以出航了！

一船十幾人，順著澳仔的沙灘將舢舨船快速地推入澳中。舢舨一入水，旋即仰起那兩隻巨槳，飛快划動，一前一後如鷗鳥輕巧地滑出小澳。出了澳口，船老大抓起一把紙錢撒向大海，作為賄賂海中好兄弟們的開路錢。隨後舢舨向南，目標滾水坪漁場！

平靜的洋面上北風消失得無影無蹤，漆黑一片裡也看不到半點螢光，大海彷彿披上一層黑紗，靜得出奇。一片安靜裡唯有舢舨拖著沉重的步伐，一前一後，搖搖擺擺地在平靜的流上，向著南漁場前進，越過巨犬石前，漁人們心頭一凜，已來到這個充滿傳說的海域。大夥兒心裡雖然帶著一點膽怯，但是敢於

向大海賭一把，一直是討海人賴以為生的手段及膽識，此時人多互相壯膽，心裡不斷安慰自己，滾水坪都是自己的祖先，應該不至於傷害自己。至於海裡的好兄弟，昨天也送上了夠多紙錢，也告知祂們今天的行程了。船老大撒出的紙錢，不單安撫了海裡的鬼魂，也安撫了漁人們心頭的不安。

一轉眼，舢舨船輕巧地越過中黑石，這裡是滾水坪的分界中線，已經到達漁場了。

這時舢舨船順著黑潮的平行方向，由北向南開始投放大龍網。一條又一條的大龍魚貫投入海中，漸漸隱沒在深藍的海水之中。每投一條網，年輕的漁人們必須跟著跳入海中，在一旁引導大龍，將其擺好，像建構一條堅實的海中長城。而最後舢舨船會在南邊投下縮網，靜候馬鰮魚群入彀。這時船上只剩下兩、三人搖著槳固定船的位置——舢舨船停在漁場的最南邊，北邊的大龍由年輕的漁人守住，其間的大龍猶如一條若隱若現的海中圍籬，形成一道海底口袋狀的陷阱，等著與馬鰮魚命定的相遇。

清晨的海水特別冰涼，寒意直逼漁人的心坎深處，使他們動作因而緩慢，

漁民推舢舨船入海（李義財提供）

而唯一的解決方法只有不斷地來回、上下游動，讓身體活絡起來，把內在的能量爆發出來；並且隨時檢查大龍有無筆直的立在礁石之上，萬一漁網躺下了，必須趕緊潛下水去把它拉直，以免馬鰮魚從這個缺口闖出。漁人除了要克服冰冷的低溫外，海裡的洋流狀況時刻千變萬化，拉扯著大龍也時刻變化。漁人們不斷在海裡上下竄動，等著天一亮，將成群的馬鰮魚給趕進大龍裡。

馬鰮魚是一種體長約三十公分的小魚，除了魚體中央一道骨頭外，全身都是肉，是大魚最喜歡的餌魚。牠們喜歡群聚在一起，游動的方向非常一致，所以很容易一網打盡，透過大龍網的圍捕、漁人的追趕，很輕易地就能從北邊趕到南邊的縮網裡。

東方的天際此時開始泛出魚肚白，接著慢慢轉成黃色，給海面染上一層五顏六色的光彩，金色的陽光披掛在礁岩上，平靜的洋面也轉成深藍色。海底一片靜悄悄的，漁人們都在等待，南邊的小舢舨也屏息以待，時間一分一秒的過去——清晨冰冷的海水突然開始慢慢流動，從北向南，潮水彷彿突然活了過來，這是黑潮的緩流。南邊的舢舨船用力地搖著雙槳，把船固定在縮網區裡

頭。海中的漁人們奮力地游動著身軀，一刻不敢鬆懈地守在自己的警戒區內。

就在緊繃的等待中，北邊大龍頭的漁人，忽然急速地用力拍打著水面，濺起的白色浪花在深藍色的洋面上特別的醒目——

這是魚汛！牠們來了！

一大群藍色體型尖長的魚，以萬馬奔騰之勢，從北方游了過來。牠們的游速非常地快，因為魚群數量太多，而擠成一大團翻攪不止的魚團，藍色的背脊、白色的魚肚，反覆出現旋即消失，彼此互相覆蓋，再覆蓋，變成一個藍白交錯恆變閃爍的大魚團，和海底冷靜的珊瑚礁形成強烈的對比。

魚團沿著大龍網邊焦急地尋找出口，但都被守在網邊的漁人，一路拍打水面向南驅趕——二十幾位年輕的漁人，一起用力地拍打水面，驅趕著馬鰮魚團，在海底向著南邊滾去。越接近縮網區，拍打海面越形激烈，速度更快，更有人趕著潛下水中追趕魚群。經過一陣激烈的驅逐追趕之後，全數的馬鰮魚都被趕入縮網中，馬鰮魚變成一團巨大的藍色漩渦在網中不住地旋轉著。魚兒不會去碰縮網的小目孔，因為會卡住也鑽不出去，只好一直繞著圈子，似乎想要

從群體中尋到一點點的安全感。

這時兩艘舢舨船各自拉起縮網的一端，從入口處先拉起來。整個馬鰮魚群都落入了縮網中，活蹦亂闖，激烈地彈跳著，試圖抵抗離水的命運。滿滿的一網子，有整整幾千斤的馬鰮魚。此時早在外圍等候買活餌的鮪釣船靠了過來，依序一網一網地買著他們要的活餌，然後滿意地噴著大黑煙，逕直奔向黑潮去了。

網中還剩下一大群馬鰮魚，大家快速地把牠們撈起來，一網網倒進舢舨的船底。魚的數量實在太多了，兩艘船裝的滿滿都是魚，因而使得吃水線升到危險的警戒位置。這時船長下令，年輕的漁人全部下水，自己游上滾水坪的岸邊，走路回澳仔。年輕的漁人們依序「噗通、噗通」地往海裡跳，像鴨群一樣直直往岸邊游去，爬上礁岸，順著海岸林投林附近的沙灘，越過那塊形似巨犬的大石，爬上火成岩形成的大黑石堆，轉個彎，澳仔就在眼前了。

船上留下兩、三人，因為裝了太多的魚，船吃水很深，所以變得很笨重不復靈活，划起來非常吃力。水手賣力地划著，小船一拐一拐地緩緩朝向澳仔的

方向移動。還好今天是個風平浪靜的日子，在吃水線上的舢舨得以平穩地在海中龜速移動著。

此時，初昇的太陽已爬上竿頭，風和日麗的天氣，海面一片平靜。澳仔灘上已擠滿全村大大小小，翹首盼望，等候著舢舨船的歸來。兩艘沉甸甸的舢舨滑入小澳，最後停在澳仔的灘岸，像終於回到母親懷抱的孩子。

村民們再也壓抑不住滿滿的喜悅，興奮地七手八腳上前，一場搬魚大戰終於開始了——撿魚的、搬魚的忙得不可開交，一簍簍馬鰮魚，被從船中撈起，一竹籃一竹籃的分裝好，裝好後就抬到沙灘上依次排列著。因為漁獲實在是太多了，小澳的沙灘上被堆得滿滿的。成堆的馬鰮魚在陽光照耀下，發出美麗的水藍色光芒，藍色背脊漸層過渡到白色魚腹，正如此刻海面上初昇的太陽，映照著深藍色的黑潮，小小一條魚體，恰好就是眼前海景具體而微的寫生。

硬邦邦的馬鰮魚，一條條既新鮮又漂亮，被依照參加的人數來分配給全村的人。總共有三十多人參加，所以馬鰮魚也被分成三十幾堆，每堆都至少有兩籃以上，整齊地排放在沙灘上。因為村裡沒有大的秤，所以只能用一籃一籃這

種最原始的方式來分配漁獲，然後再依據村頭村尾的位置，每人依序領到自己的魚。大家得了漁獲，或者用提的，或者用挑的，歡天喜地的回家了。

拿回家的漁獲，是甜蜜的負荷。馬鰮魚太多了，一時之間吃不完，為了妥善地保存，必須加工成魚乾或者鹹魚，以免浪費這大洋的恩賜。曬魚乾、醃鹹魚的工作，通常由婦女來擔任。殺魚是一項很大的學問，不管要曬的、要醃的，都必須由魚背剖開，從魚尾往頭部剖成連接的兩半，頭骨那邊再從背部剖上一刀，然後抹上粗鹽，等魚肉脫水之後，再放到屋緣整齊地排列起來。每家每戶的屋頂上排得滿滿的馬鰮魚。

馬鰮的肉多容易腐敗，所以處理要趁新鮮加快動作才行。只要馬鰮的眼睛發紅，就是腐敗的徵兆，而用腐魚做的魚乾，吃起來嘴巴癢癢的，更嚴重一點，皮膚還會起疹子，這是大家都知道的。

這群馬鰮給小村帶來幾天的好光景，魚乾，鹹魚，都是配地瓜簽的好菜色，每家每戶餐桌上擺的都是馬鰮仔。大湖人的生活，依循著大海、洋流的節奏，定期造訪的魚群，帶來短暫的安逸和滿足。海風還有鹽巴，塑造了大湖

捕魚歸（歐陽文攝影）

婦女擔任曬魚乾、醃鹹魚、拔紫菜等工作（歐陽文攝影）

人堅毅的輪廓，也給予他們和喜怒無常的大海搏鬥的韌性。而大海雖然窮凶極惡，卻是大湖人世代以來，生活的依賴。

大湖的咕咾石屋，躺著百千隻等待乾燥的馬鰮魚，隨著一縷炊煙裊裊升起，一切又回到靜謐之中……

第十一章　釣煙仔魚

「春天後母面」，這是所有綠島居民都耳熟能詳的一句話。

春天的天氣，變化無常，東北季風說來就來，絲毫沒有預兆。滔天巨浪會在一夜之間猛地升起，覆蓋整個島嶼的海岸線，讓船隻無法出海。這樣不穩定的天氣，直要到進入六月以後，才會比較穩定。隨著時序入夏，黑潮的流速也會跟著加快；這個時候，南太平洋的魚群彷彿回應著古老的邀請一般，不約而同地隨著黑潮一起北上，進入綠島四周深邃美麗的海域。鬼頭刀、芭蕉旗魚、飛魚、煙仔魚等……不同的魚種一同構成了綠島捕魚季裡，最為富饒美麗的圖騰。而漁人追逐魚群的景象，被鐫刻在海風裡、洋流上，成為環繞島嶼不止息的記憶。

大湖去年完成的那艘新船「盛發號」，此時正神氣地停在澳仔內，看起來有種躍躍欲試的神氣。大夥兒準備了一整個冬天，船上也裝好了釣煙仔用的水龍[5]，從船首到船尾，整齊地掛在船外舷邊，像一挺挺的小禮炮一樣，把「盛發號」裝飾得精神抖擻，不可一世地睥睨著小澳外廣袤的太平洋，想要大展手腳的企圖展露無餘。

每個釣煙仔的漁人都必須準備一套工具——三公尺長的筆直竹釣竿，繫上粗粗的魚線，上頭綁著無倒勾的毛鉤，線的尾端再綴上一塊方形的鉛塊。這些都是漁人親自、仔細地以手工打造完成的，絲毫馬虎不得。整組魚線牢牢地綁在釣竿上，同時預備好另外一組替換用的兩公尺釣線和毛鉤。就是這些釣煙仔的基本工具，讓漁人得以在海上施展精湛的釣煙仔技術，在煙仔群經過的時候，向大海討取洋流中的戰利品。

一艘釣煙仔船，大概是由十五到二十人左右組成，採子母船的方式——也就是說，母船後面還要拖著一艘舢舨船。舢舨船是抓餌船，由大船拖著，拖到外海的珊瑚礁群以後，再放掉舢舨，靠人力划船，穿梭在珊瑚礁群中，去撈捕

釣煙仔用的丁香魚。

大湖澳仔裡頭，本來就停著許多艘舢舨船。而這艘新船「盛發號」，是最新的動力船，十六匹馬力在當時算很了不得的規格[6]。普通漁人的動力船，了不起就是三、四匹馬力的小船，這種小船因為動力不足的關係，無法抵抗黑潮強勁的流速，所以沒辦法開到外海，僅能在靠岸之處，沒有洋流的地方作業而已。

此時正是豔陽高照的六月天，天氣晴朗，海面吹著微微的北風，大海一片平靜。東方的天空方露出魚肚白，小澳就開始忙碌了起來，因為今天是「盛發號」的處女航，要出海釣煙仔。水手們在船上靈活地上竄下跳，忙碌的吆喝聲充滿整個澳仔，透過海風傳入村裡，聲音中的興奮、緊張之情感染了每個聽到的人。

---

5 裝在船舷的噴水設備，以馬達將水噴成霧狀灑出，降低煙仔魚的戒心，並且模擬小魚在水面的樣子，煙仔魚才會靠到船邊索餌。

6 民國五十年代，當時綠島最大的動力船也僅有南寮一艘二十四匹馬力的船。

機動船（李義財提供）

一切準備就緒之後，船長點燃了盛發號的引擎，在巨大的轟隆聲響中，噴出極有精神又不絕如縷的大股濃煙，在初昇的旭日中，鍍上一層昂揚的神氣，旋即拖著一艘小舢舨，飛快地朝向睡美人礁岩揚長而去。新船的引擎聲既響亮又厚重，有力地轉換成船尾大股噴出的滔滔白色浪花，昭示著它引以為傲的高速及性能，激起的浪頭將後頭拖著的舢舨船整個船頭包住，流線型的俐落船身飛快地迎著大洋的波浪前進，在浪光閃閃的映襯下顯得壯觀非常，在深藍色的洋面上拉出兩道迤邐的白色軌跡。掌舵的船長用銳利的眼神，掃視海面的礁石，尋找放餌船的最佳地點；而船上的水手們開始脫衣服，抄起水鏡，準備下海抓小丁香魚。

丁香魚是海中一種身長二到三公分的銀亮小魚，沿著海岸線覓食，礁岩邊是牠們最愛的覓食區。丁香魚喜歡成群地游動，面對威脅或者感到害怕時，會聚集成一顆魚球，用反覆旋轉的銀亮反光來迷惑掠食者。由於肉質鮮美，牠們不但是大魚最喜歡的食物，也是漁人獵捕的對象，整個綠島沿海的礁岩區都有丁香魚的蹤跡。

盛發號繞過哈巴狗，轉入海參坪的海灣。此處暗礁林立，又因為海流之故，平常海象凶猛惡劣，波濤洶湧，除非是極晴朗的好天氣，否則船隻很難在此作業。但今天清晨的灣區，海面平靜無波，偶爾閃起白色的小浪花，潮水淹過了大半個礁岩——是個完美的大潮，極適合礁岩邊的補抓作業！

盛發號小心地靠近灣區，放下舢舨船後，就退出珊瑚礁區等待。水手們靈活地將小舢舨划入礁岩區，這時船上的漁人們全數跳入海中游向礁岩，十多人開始追趕、恐嚇小丁香魚群，另一頭的舢舨船，配合海中的漁人追趕，也放下細目的網攔截魚群。等到丁香魚群都入彀以後，慢慢收起網子讓魚群聚攏在網底，用木桶小心地連著海水舀起活的魚群。

漁人撈起丁香後，立刻快馬加鞭地在海中推著木桶游向盛發號。母船上的撒餌師在船邊接過木桶，立刻將活魚倒入船上蓄水的活艙內，小丁香在活艙內警戒地抱攏成團，不停地沿著艙壁游動，顯得活力十足。

接過木桶以後，舢舨船再度划向礁岩邊的另一個漁區，重複剛才的趕魚、網魚作業，一網接著一網，一桶接著一桶地將活餌往母船上送。經過十幾個礁

區以後，盛發號上的活艙裝滿了活蹦亂跳的小丁香，數量已經足夠一趟的釣煙仔魚所用。這時海中的漁人游回母船上，全員換上衣服，搖身一變，每個人都變成釣煙仔高手。小舢舨被孤單地停在礁岩區，等候母船返航。

盛發號稍微整裝後，船首轉向滾水坪的方向，驕傲地逆著黑潮航向距離龜灣約五海里的海域。

這段航程洋流強勁，海浪洶湧，尤其路過滾水仔鼻那塊突出的海岬時，海水簡直像瘋了一樣，像攢聚了所有的力氣一般突然加快到一個不可思議的地步。但是盛發號是十六匹馬力的大船，足以應付這翻攪不止的惡水，硬生生逆勢犁出一條水道，出了黑水溝，直往外海緩流區開去。

今天預計作業的漁場，是各類魚種聚集之處。洋流從南方溫暖的海域帶來了黃鰭鮪、鬼頭刀、破雨傘魚，還有煙仔魚。魚群在廣袤的大海裡隨著洋流四處移動、覓食，因此尋找魚群不但需要純熟的經驗，也需要一定的運氣。有經驗的船長會搜尋海面上的海鳥蹤跡，海鳥聚集越多，表示底下的魚群越大。全船的人無不聚精會神地注視著海面——偶爾幾隻飛鳥掠過，平靜無波的大洋沉

靜地出奇，在這一片安靜中，盛發號緩慢地移動著……

倏地，南方開始出現幾隻飛鳥，接著一隻接著一隻越來越多，海面聚攏了大量的海鳥群，烏鴉鴉地形成一片聒噪的黑雲。

有魚群了！

大船急速地駛向鳥群，船上的漁人們開始手忙腳亂地開始準備迎接今年第一批煙仔魚。

海面因為小魚群的關係，引來海鳥、掠食性的大魚爭相搶食。蹦蹦跳跳的大小魚群、海鳥俯衝入水的力道，激起一片白色的泡沫，囂亂地暗示著一場海中盛宴，也為釣煙仔魚拉開一道別開生面的熱鬧序幕。

船停了下來，船舷邊的水龍開始噴出霧狀的水氣。十幾張嘴齊噴，交織出一片迷茫壯麗的迷霧。小水滴打在海面上，激起千萬點漣漪，氣勢萬千地製造出一群小魚在海面亂游的假象，吸引底下的掠食大魚貪婪地往上游，迫不及待地享用這頓豐盛的大餐，同時也將船和船員的倒影給抹去、隱藏起來。

投餌師開始將活艙內的小丁香魚投入霧狀的海中，在船的前、中、後都持

續、少量地投入，慢慢引誘貪吃的煙仔魚靠近船舷邊。活餌一入海，貪吃的煙仔魚群更像發了瘋似的，拚命衝向船邊，在一片霧濛濛的景象中開始追逐爭食著丁香魚。

十幾位漁人，一字排開站在船舷同一側，從船頭到船尾，一把抓起粗長的竹釣竿，俐落地將毛鉤甩入面前彷彿沸騰的熱鬧海水中。

中魚了！

從拉起第一尾煙仔開始，一尾尾肥壯的煙仔就接連不斷地被釣了起來。熟練的漁人拉起煙仔，往後一拋，煙仔就掉在後方的甲板上。漁人再揮動大臂，毛鉤便又落海，再釣起下一條煙仔。在與時間的競速中，漁人熟練的擺動甩釣的節奏，拚命使勁地往海中拉起一尾尾肥碩的煙仔魚。

隨著釣煙仔明快的節奏，丁香魚被持續地撒下船舷邊，煙仔魚也瞬間堆滿甲板，離水的魚體在甲板上猛烈地彈著，蹦蹦跳跳地發出聲響。這些來自南太平洋的嬌客，背部有藍色美麗的雲紋，漸層到腹部轉為白色，體側點綴著如煙霧一般的暗色縱帶。甲板上數量龐大的煙仔魚活蹦亂跳，瞬間把甲板裝飾得既

美麗又充滿生氣。

隨著船舷邊的魚汛停了下來，第一場釣煙仔也接近尾聲。第一群煙仔魚數量龐大，用掉活艙中半數的活餌，當然也裝滿了半個船艙。船長停掉水龍，船員們快速地將甲板上的魚裝入船艙中，復又開始尋找第二群魚。

海面又恢復了平靜，夏陽依然高掛在天空，船持續地在緩流區搜尋魚群的蹤跡；大夥兒精神奕奕地凝視著海面……

忽然！遠處天際點點浮動聚散的黑點映入眼簾，那片熟悉又聒噪的黑雲再次聚集，催促著大船噴出一陣濃煙，在響亮的引擎聲中，逆著黑潮使勁兒地往前衝。鳥群越來越靠近，漁人腦海中又浮現出船舷邊煙仔群跳動的景象。

第二群海鳥的規模竟然比第一群還要更盛大！

在廣漠無垠的黑潮海域中，空中海面都是密密麻麻的海鳥，刺耳的鳥鳴聲霸佔了船員的聽覺神經。大船蠻橫地直接駛入鳥群中，硬生生劈開一道空隙。鷗鳥盤旋在船的四面八方，胡亂的撲翅飛行，或者乾脆盤據在船桅，找到可以落腳的地方便棲在上頭。船邊蹦跳的魚群競相追逐躍出水面，因而水花四濺，

煙仔魚（李義財提供）

海面的盛況空前，無比浩大。

水龍再度一齊發力噴霧，投餌師再度依著節奏拋出小丁香，漁人的魚竿點入霧水中，立刻激起水花，挑起一尾一尾的煙仔魚。整船的釣竿沒有停止過擺動的節奏，甲板上跳動的煙仔魚瞬間疊到漁人腳踝。這群魚來得又凶猛數量又大，把整艘船給壓得透不過氣來，剛好此時丁香也用罄了，船長便下令：「出魚去！」

滿艙的魚塞不下，堆到甲板上來，船員連站的空間都沒有，船的吃水線升到了船舷邊，沉重的船體載了兩千多斤的煙仔魚，在海中慢慢地駛向南寮漁港。艙架上升起了象徵滿載的大紅旗，張揚地隨著盛發號開進南寮港中。柴魚工廠的員工已在碼頭邊等候，船員們吆喝著，手腳麻利地卸下一籃籃滿滿的煙仔魚。臉上那股驕傲得意的勁兒卻是怎麼藏也藏不住，就連最穩重的船長，微微向上翹起的嘴角，已經出賣了他平靜表情下的心情。

迅速地出完魚後，盛發號旋即再駛向睡美人礁石區捕撈活餌，準備再投入第二趟、第三趟的釣程。今天是豐收的好日子，就趁著這個勢頭，一鼓作氣再

釣個幾千斤的煙仔，讓盛發號的處女航，畫下完美的句點。

傍晚的小澳邊，在大湖村民引頸注視中，掛著紅旗的盛發號，披著落日燦爛的餘暉，緩緩駛入澳仔裡。見到船架上飄揚的紅旗，有一股壓抑不住的喜悅騷動在村民間迅速蔓延開來，逐漸變成開心的歡呼。

曬得滿臉通紅的漁人們，神情堅毅地下了船，倦容被喜悅給覆蓋住，肩上扛著那枝大竹釣竿，手裡提著一隻肥美的煙仔魚，神情昂揚地走回家。小孩子跟在背後，一群人順著沙灘走回咾咕石蓋的小屋中，帶著雀躍的心情，把小澳、大船給拋在身後，迎面的夕陽在身後拉下一道長長的影子……

第十二章　飛魚季

七月，黑潮的流速陡然加快，引起這片海域裡一陣熱鬧的騷動。黑潮帶來成群準備繁殖的飛魚，順流北上，群聚在外海的緩流區。躍動的飛魚，就像廣袤洋面上靈動的音符，準備延續生命的樂章，因而使得整片海域熱鬧不已。為了參與這場盛事，大湖村的小澳裡頭也開始忙碌了起來。黑翅飛魚，是所有飛魚中體型最大者，也是大湖人最重要的夏季魚種之一。大湖的冬季，東北季風掀起的風浪會封住澳仔，因此無法出海捕魚，因此夏季捕來的一眾魚種，便是儲備過冬的糧食，極其重要。

捕飛魚的難度，比垂釣煙仔魚要高一些，需要兩艘動力船拖著草龍，然後由漁人將魚群趕在一起，再趕入縮網中一網打盡。因此捕飛魚不僅需要兩艘船

互相配合，也需要漁人集體下海去趕魚；洋流的大小、氣候的變化，在在都影響了飛魚的撈捕作業。大湖的漁人，是最為靈活強壯的海中蛟龍，長年在海風、洋流的打磨下，熟知每一吋流水，足以勝任在強勁黑潮裡捕飛魚的作業。

澳仔邊捕飛魚的前置作業熱鬧地開始了。今天的工作是綁草龍。草龍，是一條幾千公尺的粗繩，主要的功用是丟在海中，用顏色及水花去驚嚇飛魚，從而圍住魚群。繩索上每隔一、二公尺就綁上一些五色的彩繩，沙灘上剪五色繩的、綁繩子的人們歡快地忙碌著，在低語聲中，手中不停的工作。整條繩子都被五顏六色綁得滿滿的，像一條愉悅炫目的長龍，蜿蜒在細白的沙灘上。

綁完草龍後，挑一個風和日麗的好日子，清晨的天空萬里無雲，東方的海平面看過去一片平整，倒映著晴朗的天光，海天共色的平靜海面，滾水坪翻白的浪頭都消失了。一早整村的人全都忙了起來，漁人們光著上身，頭上戴著水鏡，繞過咕咾石屋旁的小徑，逕直往澳仔集中。二十幾人分成兩組，快速地將沙灘上綁好的草龍，分別放到今天出航的兩艘動力船上。

大湖村僅有的兩艘動力船，一艘是新造的十六匹馬力的盛發號，另一艘是

只有四匹馬力的舊船，都停在小澳裡蓄勢待發。在吆喝聲中，大家兵分二組，十幾個人跳上較大的盛發號，剩下的六、七人則是搭較小的舊船。俟一切準備就緒之後，盛發號在前，舊船在後，兩艘動力船就一前一後地駛出小澳，奔向一望無際的大海。

新造的盛發號輕巧的一如歡快的鷗鳥，靈活地翺翔過水面。舊船拖著沉重的腳步在後方吃力的追趕。因為動力大小的懸殊差別，盛發號不時地稍稍放緩腳步，回首顧盼，等待舊船跟上。兩艘船一前一後地經過滾水坪海域，經過那塊巨犬大石之前，一路順暢地直奔龜灣外海的黑潮環流區。

飛魚是一種中小型魚類，是鬼頭刀最喜歡追逐的魚類；往往在受到鬼頭刀的驚嚇之後，會跳出水面，用長長的胸鰭滑翔出很遠一段距離，以躲避鬼頭刀的獵捕，故得名「飛」魚。在海上捕飛魚，無法依據鷗鳥群來判斷魚群的所在，因為飛魚怕整群被大魚捕食，都散游在海流區，不會密集地群游。因此捕飛魚，必須根據潮水的緩流狀況，及用肉眼捕捉飛出水面的飛魚數量，來判斷漁場的所在。

兩艘船前後來到龜灣外海的潮流區，把船上的草龍綁在一起後放入水中，然後反方向開去，幾千公尺的草龍隨著兩艘船遠離，緩緩在海中張開，迤邐出一道色彩明亮的壯麗線條，漸次伸長、再伸長。漁人們隨著漁船放下草龍的同時，也跳入海裡，像靈活的大魚沿著草龍繩在海中一起游動，驅趕著飛魚們。

此時船上僅剩下兩人——船長及放縮網的人。兩艘船拖著草龍，緩慢地掃過黑潮區的大片海域，靠著草龍繩上明亮五彩的細繩，在海中模擬出誇張的色澤、泡沫，彷彿有凶猛的掠食者藏身其中，將膽小的飛魚們嚇得跳出水面，向前直奔。海裡的漁人也配合草龍掃過，在後頭追趕飛魚，將魚群慢慢聚攏起來。

趕魚的工作大約持續了一小時之後，兩艘動力船開始掉轉船頭，準備會合。船首的漁人開始慢慢拉起水中的草龍繩，將草龍繩拉成一個圓環狀。漁人們在海中繞著草龍四周拍打著海水，將飛魚群往中央趕；隨著圈子越來越小，飛魚也越聚越多，這時，大船放下了圍網，一頭拉給舊船，讓兩艘船牽起了縮網。海中的漁人像得到命令似的，極有默契地一鼓作氣將魚群給趕入縮網中。

然後大夥兒火速各自上船，齊心協力地將縮網拉起，隨著兩船平行靠在一

起，縮網的範圍也越來越小，飛魚在網中蹦蹦跳跳，做著最後一次的掙扎。當網子越縮越小，網中剩下一堆掙扎蹦跳不止的飛魚，大家都笑了，俐落地將飛魚一網一網給撈入船艙中。這一網，足足有一百多公斤的飛魚！

收起了縮網、草龍，漁船再度調整方向，朝向下一群飛魚前進。

黑潮的流向，雖然大致上朝北，但受到海岸礁岩的影響，產生了環流區，又因為海流和溫度、礁石的交互作用，潮水的流速，還有環流區都會變化不定。船長必須依靠豐富的經驗，去判斷漲退潮的流勢，掌握所有的變因，才能找到飛魚聚集的區域。

盛發號的船長把船偏南開去，在綠島外海，對準南寮鼻尖的地點，放下草龍繩，漁人們再度躍入海中，逆著黑潮的緩流，拖著長長的草龍，以平靜的海面為畫布，畫出一個鮮豔的半圓。船慢慢地移動著，海裡的漁人賣力地划動著，追趕海中的飛魚。隨著流速減緩，減緩的不止有黑潮，還有漁人的體力消耗；漁人們輕輕擺動四肢，稍微得到了喘息的機會。

這次船長讓草龍在海中停留得更久一點，想要聚集更多的飛魚，然後再一

網打盡。聚魚的工作大約持續了一個半小時，兩艘漁船再度掉轉船頭朝彼此會合，準備收草龍了。隨著兩艘船慢慢靠攏，草龍繩一捲一捲地被收了起來，圍起的區域越來越小；但這次有更大量的飛魚在水面跳躍。一時間海天似是顛倒了，魚群變成從海裡鑽出來的鳥群，奮力飛起，畫出此起彼落的一道道弧線。隨著繩圈縮小，飛出的魚群更多，漁人就愈發賣力地催打著海面，激起的浪花模擬掠食大魚飛速游來的氣勢，嚇壞了飛魚，成群慌不擇路地鑽進縮網中去。

這一網拉起，沉重的飛魚塞滿網中，幾乎要拉不動。兩艘船各自裝滿了半艙的飛魚，藏不住的驕傲及喜悅掛在漁人們臉上深刻的紋路中，眼神和陽光一樣的閃耀。

將飛魚入艙後，離出港已經過了兩、三個小時，正午的豔陽已悄悄爬上天空，正散發著逼人的熱度。船停了下來，溫馴地順著黑潮漂蕩著。高強度的趕魚工作使漁人們疲憊不已，吃午餐的時間到了。大家提著自己簡單的便當，狼吞虎嚥地吃著。休息的時間一直到午後，隨著潮水又開始擾動，下一場的趕魚工作旋即跟著拉開序幕。

隨著緩流區的海流緩緩地啟動，潮水再度牽引起魚群的動向，船也開始啟動。船長注視著海流，尋找流速較慢的緩流區，船於是向著外海移動。找到合適的漁場後，草龍復又被投入海中，在海面上畫出一道繽紛的色彩，漁人們也相繼入水，繼續追逐著成群的飛魚。

午後的潮水更慢，兩艘船拉起草龍來更顯輕鬆，圍起一片偌大的半圓形海域。船越拖行向外海而去，越是風平浪靜，平靜的海面深藍近黑，幾乎看不到白色的浪頭。漁人們在安穩的海水中努力追趕著魚群，船長這次讓草龍停留在海裡的時間更久，企圖聚集起更大的魚群。

隨著兩船掉轉船頭，又到了收網的時刻，這次只見到滿滿的全是數不清的黑翅飛魚，透明的胸鰭上鑲嵌著規律的美麗斑點，帶起的水珠反射著令人目眩神迷的光芒，直接在喧騰的海面上，低低地架起一道彩虹。這一網的漁獲量更為驚人，直接塞滿了兩艘船的船艙！

兩艘滿載的漁船，邁著因滿艙漁獲而顯得沉甸的步伐，緩緩順著北流的黑潮，正面著夕陽，開回大湖熟悉的灣澳。漁人們曬了一整日，臉上、身上紅通

通的曬痕，彷彿正和此刻漫天通紅的夕陽餘暉相映襯。鹽粒在他們髮間、皮膚上結晶，帶起粗礪的觸感；海風輕輕撫過額際，繼續吹過背後，那投射在海面上，被夕陽拉得極長的影子。

而漁人們站在甲板上，翹首的目光，堅定望向澳仔，望向回家的海路。

傍晚的澳灣，又開始熱絡了起來。大人小孩都提著竹籃在港邊翹首等候。最先進港的是盛發號，帶著滿艙的飛魚，緩緩駛進灣區。

「起魚了！」船長一聲令下。

掀開艙蓋，只見滿滿的整艙都是飛魚，竟將魚艙給塞得看不見一絲空隙。大夥兒開始手忙腳亂地將飛魚裝籃運下船，在岸邊就地堆成一堆又一堆的小山。婦女們先把黑翅和花翅飛魚分開堆放，再依照船員人數分成二十幾等分，成堆的飛魚，像冷藍色的小丘層層疊疊，堆滿土地公廟前的沙灘。

出完第一船魚之後，另外一艘老態龍鍾，只有四匹馬力的老船終於進港了，也載回滿艙的漁獲。港邊的愉悅騷動繼續進行著——裝籃、分類、分魚，持續地忙碌著。

及至一切忙完，太陽僅剩幾絲溫暖的火光，即將被海水吞沒，大夥兒挑著分到的飛魚，踩著輕快愉悅的步伐回到咕咾石屋的家中。

飛魚拿回家，要趕緊處理。殺飛魚，是大湖村民都要熟練的一項技藝——先俐落地自胸蓋下割掉那兩根漂亮的透明翅膀，再從魚尾逆向刮回魚頭，刮去鱗片，剝掉線條優美的長長尾鰭；再從背部下刀，從尾巴順著脊椎切到魚頭，用力將頭骨切成兩半，一手抓住魚鰓，連帶拉起連接的內臟，一次到位乾淨俐落地將魚腹清理乾淨。整個過程既流暢又節奏明快，毫不拖泥帶水便將飛魚攤開，飛魚便成了左右臉各據一邊卻對稱相連的畢卡索畫作。

殺好的飛魚，先用粗鹽醃起來，靜待隔天曬魚乾。處理完了飛魚，剩下的內臟也不能浪費。仔細地挑出魚卵和魚膘，新鮮的魚膘是當日餐桌上一道美味的時鮮。魚卵則先抹上一層鹽，再像醃梅子一樣，一層卵一層鹽的封在玻璃罐中。醃好的魚卵，還必須放上三、四個月，靜待時間和鹽分的作用，慢慢將美味提取、濃縮，讓大海的鮮味在罐中悄然演化，滲入光陰的複雜滋味，變成冬日最美味的珍饈。

曬飛魚，是七月最重要的工作。在天氣絕佳豔陽高照的日子，將抹了鹽巴的飛魚一條條依次整齊排列在屋緣上，不時翻面，讓兩側都曬均勻。遠望過去，飛魚乾彷彿變成了咕咾石屋頂色彩明亮亟欲起飛的瓦片。幾日之後，魚乾的美味同水分一起被壓縮到極致，就可以收起以備冬季食用。魚乾必須用塑膠袋或者密閉的鐵桶隔絕濕氣，否則吃到水氣鹽分又會化成水滴，魚乾就會腐敗。

飛魚雖然味道鮮美，但是體型小，細刺多又密集，並不是很優秀的經濟魚種。但是一隻隻小飛魚，卻養活了大湖村幾世代的村民。它同所有魚類一樣，是黑潮的恩典，永遠定期造訪，從不失約——告訴大湖人，你們是海洋的子民，要依循黑潮的步調勤奮勞作，永遠地傳承下去……

第十三章　冰塊

村裡有種壓抑的興奮，孩子們站在天將明的晨曦中，眼神炙熱地直直盯著遠方的海平面，彷彿堅定地在等待著什麼。小小的身影連成一片，在水泥堤防上站成一排黑壓壓的銅塑。日出前清涼的空氣中，壓抑的低語聲在安靜的早晨海風裡，化成細細碎碎的窸窣聲四下飄散開來。

來了！在東方魚肚白的微曦中，出現一艘拖著舢舨的漁船。本來只是芝麻大的黑點，慢慢靠近成一道清晰的剪影，襯著將明的天幕越形清楚。船還未準備靠岸，等候的孩子群已經密密麻麻地站滿了小澳的兩旁。剝光衣服的小身子，佇立在略帶寒意的小碼頭邊，晨暉輕柔地在他們黝黑的皮膚鍍上一層橘金色。炯炯有神的小黑眼珠，專注地凝視著越來越靠近的漁船，每當那幾艘慢如

海龜爬行的漁船又推開一波浪花隨之更靠近港口一點，渴盼的心就隨之「噗噗」地多跳了幾下——今天早晨，馬鰮魚又給他們帶來了新希望。

那艘十六匹馬力的「新勝義號」，是來收購馬鰮魚做餌，再出去外海進行延繩釣的。它在極有韻律的引擎聲中，噴著黑煙、拖著慢悠悠的步伐，施施然駛進小澳裡；但是船還沒停妥，那群等候已久的孩子們，就迫不及待地「噗通、噗通」一跳入港中，像群鴨子般逕直往大船的船舷邊游去。船上的水手們緊張起來，連忙一疊聲直喝道：「不要靠近！」

但是孩子們理也不理大聲喝叱的水手，把船舷給塞得滿滿的，尖銳靈活的小眼神直往船長的臉上瞧，再偷偷拿眼角餘光去瞥那個厚厚的艙蓋，彷彿裡頭有什麼稀世的貴重珍寶一般。船長用凶惡的眼神回望，震懾住孩子們的祟動；厚厚的艙蓋也紋風不動，壓住孩子們的希望。儘管如此，他們還是蹲在船舷邊，那塊不屬於大人活動的空間，似乎在靜候著機會的到來。

隨著港邊大人們將一籃一籃的馬鰮魚給搬上船，那神祕的艙蓋終於掀開。艙蓋一開，旋即一股白色的霧氣四溢，帶著凌厲的寒意撲面而來，瀰漫在洋溢

著魚腥味的空氣裡，不久那陣白霧就消失得無影無蹤，只剩下空氣裡似有若無的寒意，淡淡地匍匐在艙蓋旁。船艙裡貯滿了準備拿來保鮮馬鰮魚用的冰塊，這些冰塊，在孩子們眼裡，竟比馬鰮魚來得令人興奮；無奈短小的身板搆不到艙裡的冰塊，只能巴巴地望著艙裡，伸長脖子等候大人們下一個動作。

船員們一邊賣力地鏟冰塊，一邊賣力地將馬鰮魚盡快裝入低溫的船艙裡保鮮，隨著船員動作，冰塊四下飛濺開來，伴隨著一陣寒霧在甲板上滴溜溜地打轉、迴旋。孩子們在一旁偷偷地瞧著船長，當他轉過去吆喝指揮船員們搬運成堆的馬鰮魚時，趁著所有人不注意，覷準了一個空檔，黝黑的小手眼明手快迅速地捉起一把掉落在船上的碎冰。雖然冰塊個頭不大，甚至連稱呼它為冰塊都有些勉強，小得像土豆一樣，了不起算碎冰而已，但對孩子們而言，這簡直就是上天賜給他們最美好的禮物了。

撿到冰塊的孩子小心翼翼地捧著冰塊，帶著珍惜又愛憐的眼神反覆打量著手心裡冰涼透明、像珠寶般折射多面體光芒的冰塊，在晨曦裡熠熠閃爍。冰塊的溫度透過手心直達心底，趕在還沒融化前含進嘴裡，那股涼意滲入激動的靈

魂中，真有說不出的暢快與滿足，讓孩子從身體到心靈，都雀躍了起來。

然而，並不是每一個孩子都那麼幸運，可以撿到冰塊。在船員驅趕的吆喝聲中，大部分的孩子幾乎是無功而返，再度擠回船舷邊，像一群雛鳥一樣，飢餓的眼神緊盯住寒氣四溢的大堆冰塊。

船員們終於受不了上竄下跳的孩子們，分出一兩個人，去把孩子們趕回冰冷的海水中。孩子們像來時從岸邊「噗通、噗通」下水時一樣，又從船舷邊「噗通、噗通」跳入海裡，但仍然未肯離去，在藍色的船殼邊來回巡弋，邊游邊撿拾漂浮在水面上那幾小塊被大人遺落的小碎冰——一塊、兩塊、三塊……像撿拾貴重的珠寶一般慎重。濕滑的冰塊被握在手裡，隨著游動抓了又掉，抓了又掉，彷彿是滑溜的魚兒。有的冰塊等不及上岸，已經變成一把比海水略涼的冰水，手中指間握住的，不過一縷溫度，在手心慢慢褪去。

終於游回岸上，手中的冰塊所剩無多，年長的孩子手腳比較機靈，打撈到比較多碎冰，趕忙塞個年幼的一小塊；再捨不得似的，將那雙冰得麻麻的小手往嘴邊舔了幾下，彷彿那幾許殘餘的溫度，還在舌尖繾綣未散去一般。大夥兒

托著濕漉漉的身子，再度望向澳裡。

此時旭日終於昇起，在小澳忙碌的人群身上灑下一片溫暖的金芒，小澳裡每一片浪尖波光粼粼，海面因此鍍上一層耀眼的金色。船員搬運馬鰮魚的動作快要告一段落，堆積如山的馬鰮魚都被船艙給吃下去，左搖右晃的漁船又開始恢復平靜，只有船舷兩側上升的吃水線，暗示了方才發生的忙碌。

這些倒不是孩子們所樂見的——因為那些純潔直冒白煙的冰塊早已被染成了粉紅色，馬鰮魚的腥味也滲入了原先不帶一絲雜質的雪白低溫晶塊裡。隨著船側的吃水線越深，此時，船長的火氣也更加地大了起來，為了維護這艘褪了色的老漁船的安全，他得嚴禁任何一個小孩子再上船來。孩子們望著最後一條被送上船的馬鰮魚，失望的眼神中，依然帶著沒有熄滅的期許緊緊盯著這艘兩舷被水吃得緊緊的漁船。

堤上的孩子們，在失望中彷彿期待著什麼……倏地！一聲親切低沉的聲音掠過耳際——是爸爸的聲音！爸爸回來了！

爸爸拖著結實黝黑的身子，和剛泡過海水的紫黑色皮膚，用那雙被冰水侵

蝕過浮腫凹凸不平的手，輕輕地拍在孩子們身上。從他掌心傳來一陣冰涼的溫度，透進孩子們焦躁的心裡，奇異地撫平了他們焦慮的心情。船員們正在解開綁在碼頭上的最後一根繩索，船正欲離去。然而，就在船長船員驚訝的眼光注視下，父親一躍跳上那艘已經因為負荷而吃水過深的搖晃老漁船上，從甲板上拾取了一大片染了紅色腥味的冰塊，遞給了孩子們。這時孩子們七手八腳，你一塊我一塊，凡能夠騰出來的手、使出來的力量，都集中在那一大片變了色的冰塊上頭，小心翼翼地連掉落下來的冰屑也絲毫不放過。

一接過冰塊，年紀大腳程快的孩子趕緊抱著冰塊轉身就跑，三步併作兩步，氣喘吁吁地跑回家，也不顧還在大口喘氣，趕忙拿了個大碗缸把冰塊放進去。再趕緊向媽媽討了五塊錢，到對面的小雜貨店裡去買一小包黑糖。

「喂！爸爸又捉到魚了？」雜貨店的何叔叔以低沉的嗓子問道。

「是的，停在澳內的船載好多冰塊，我爸爸給我拿了一大塊，你要不要？」

「傻孩子，等糖買回家都變成水了。」

還果真如何叔所說，碗缸裡的冰飛快地融化，轉瞬間剩下幾小塊浮冰，漂

浮在半滿的水中，緩緩地打著旋兒。黑糖買回來了，不管三七二十一，先把糖倒進去再說！咖啡色的黑糖「嘩啦嘩啦」地被傾倒進碗缸裡，一碰到水便化作一團團像棉花一樣的雲霧擴散開來，給冰水染上顏色。用竹筷攪了幾圈，碗裡的水均勻地變作深咖啡色。這時孩子們你一口我一口輪流地喝，喝了一口又迫不及待地等著下一口，焦灼的眼神裡寫滿熱切的渴望。

黑糖水的甜味裡，夾著幾許血絲淡淡的甜腥味，還有一股馬鰮魚帶來的鹽鹼海味。隨著碗缸裡的糖水慢慢減少，大家越喝速度越慢下來，到後來根本是一人啜一口，遲疑地不敢再大口牛飲，深怕一口氣把它給喝完了。望著碗缸底僅剩的黑糖水，大夥兒你望著我我望著你，面面相覷。嘴裡含著的那一口糖水捨不得咽下，只是含在嘴裡，徐徐咽下一絲絲糖水。慢慢地，再也分不出口裡含的，是糖水還是口水。直到最後一口喝完，年紀最小的阿妹卻還一直注視著碗底，猛吞著口水。雖然初秋的天氣還略帶著幾許涼意，但整個村落的孩子卻因為冰塊而洋溢出一股歡樂與滿足的氣息。

大夥兒舔完了碗缸內最後幾滴冰水，走在路上，肚子咕嚕咕嚕地響個不

停，隨著腳步左搖右擺聲響愈大。抓一抓腿上附著的魚鱗片，用水抹一抹結在小腮幫子上的鹽巴，望著已昇到半個竹竿高的旭日，似乎在對他們微笑著。一切在滿足中歸於平靜……

不知道明天，那群馬鰮魚是否還會再來？

第十四章　颱風天

小島的正東方，是大湖村，是黑潮碰觸的邊緣。滾水坪，就在這條迎風線上。滾水坪一年四季浪花翻攪若沸水，夏季有颱風、西南氣流，冬天有東北季風。海相從無一刻安好止歇，清晰地標誌出大海殘酷的面向。

因為颱風經常性地蹂躪，滾水坪因而生成特殊的地景——除卻珊瑚礁岸外，整個海岸從東邊的睡美人起，一路向西到小澳、尾澳，都是被強力的風雨侵蝕後，剩下的怪石林立，到處矗立著面目猙獰的巨石。這是海岸歷久後，經過水與大氣雕刻出來的面目，是一份嶙峋的歷史，恆常目擊海岸生發的所有事由。

大湖位在小島最東邊，所有小島的喜怒哀樂都是第一個承受的，因此，大

湖人在長久的經驗累積中，熟知天象的面目，先於自然前，竊取不小心漏洩的痕跡。他們觀察雲層色彩的變化，海面長浪的波動，提早截取氣象的祕密。

我從小就在這些祕密的教誨中長大。父親很沉默，從不多話，卻會指著東方的雲層，告訴我雲朵顏色變化的意義——尤其在夏天，颱風將至之前，看傍晚東方雲層折射的變換、海平面細微的騷動及浪潮的落差。颱風要來的前奏，是傍晚天空中出現一條一條的色帶，從海平面升起，擴大到西方的天空。這種天象，就是颱風鮮明的號角，標誌著三日之內，颱風可能就到。

就在今年的七月中，最熱的時候，大氣一片滾燙，彷彿燙死一切可能活動的事物，海浪連風都是靜止的。悶熱的氣候延續到某日傍晚，天空的顏色變了——一道道光芒，自東邊跨過天際，慢慢延伸向西，如旭日的光芒變成實質一般，雲朵構成龐大的日冕，如黃昏裡一顆不墜的太陽，固執地高懸。所有人站在澳仔邊，沉默地看著這般天地異象，小聲地交換著訊息。

颱風，要來了。

半夜裡，氣溫異常地燠熱，沒有人睡得安穩。突然聽見屋外轟隆聲響大

作，父親趕忙把大家搖醒，全家人一同奔到澳仔旁。這時澳仔旁的沙灘上早就聚集了很多人，大家望著海面的浪花像發狂似地翻滾，一道高過一道，彼此吞噬，雪白的浪頭交疊掩映，把泡沫給壓入水中。入水的泡沫逃難似地竄升到水面，整個海面就如同沸騰了一般——滾水坪的海，真的滾沸了！

此時浪頭已經掩至，攀上了外圍的珊瑚礁，淹沒了潮間帶，更向內陸探來。白茫茫的一片水將低矮的海梅樹淹去，滾水中，只能見到樹梢偶爾探頭，更像溺水者無聲呼救的指尖。此時整個小澳幾乎看不見了，狂暴的白色水流已經支配了小澳。巨浪衝過漁船邊，所有半停在沙灘邊的漁船皆不安地漂動起來。

惡水一陣高過一陣，一個大浪打來，直衝到沙灘前，我家的那艘小舢舨船禁不住受力，在哀鳴中搖晃。繩子一鬆，就這樣被大浪給拖了出去。小船在巨浪的撕扯中，順流漂去小澳南邊的沙灘邊，這時有十幾人眼明手快，趁浪退去，還未捲土重來之時，涉水將小舢舨從浪口中給搶了回來。劫後餘生的小舢舨，被大家藏去防風林後的小徑旁，妥切地收好，像慎重對待心愛之物那樣，祈求林投樹的庇護。

澳仔中那兩艘最大的動力船，眾人用自製的木絞盤，四個人輪流不停轉動著，一小圈一小圈，慢慢拉起笨重的船體。這兩艘動力船，是全村生計的依靠，拉動絞盤的拔河，是不能輸的競賽，退一步，便是無可挽回。其他人幫著墊木板、放滾木，讓船隻艱難地登陸。大船登陸後，再將後方的滾木抽到前方，大家推著船，像風雨裡一隻巨大的蛞蝓，艱難爬過大地。防風林後的小徑擠滿了從澳邊拉上來的船隻，像一個船隻的避難所，在可以預期的風雨裡不安地依偎著。

村民們在將船隻停放妥當之後，才沿著小徑各自返家。返家後的下半夜也不安穩，大雨傾盆而來，挾在強烈的北風之中，巨大的浪聲彷彿就在耳邊響起，世界儼然已被惡水給佔領，陸上陸下，天地俱緘默，將聲音留給肆虐的水。

我們回家後，事情並未完結。麻仔寮溝那裡，才剛新種下蕃薯藤，如果今晚沒去處置妥當的話，颱風就會將所有蕃薯藤都給颳走。在那個年代裡，蕃薯藤被颳走，意味著下半年作為存糧的蕃薯簽就沒有著落了，屆時，全家都得挨餓。於是，甫返家又得去麻仔寮溝的蕃薯田裡，把剛種下的蕃薯藤用泥沙給掩

埋起來，把蕃薯苗給深深藏起，讓風雨找不到它。

全家人摸黑頂著風雨，來到沙田邊。颱風夜的天空，有一種異樣深沉的赭紅色，微弱地發光，朦朧中只見到沙田裡拱起一壟壟的土丘，新插的蕃薯藤躺在上頭，一副生死未卜的模樣。我們全家人趕忙手腳並用地將那些蕃薯藤給埋進沙裡。這時候風雨愈大，冷風挾帶碩大的雨點瘋狂地敲在我們身上，又痛又冷；我挖到手腳都麻了，還是只能不停地撥土——不止我而已，全家人都在為了下半年的生死奮戰。生活鋒利的現實，絲毫不輸給今夜的風雨。

埋好蕃薯藤後，我們又疲倦又狼狽地回到家中，這時已接近清晨天光的時刻。我們並沒有迎來天明的喜悅，外海十幾公尺高的巨浪直逼進來，淹沒了整條海岸線，進逼至防風林外——而那已經是大湖單薄脆弱的最後防線了。風雨面前，防風林單薄得像一道模糊的影子，天空灰濛濛恍若飄滿劫灰，那些都是北風裡沉重的雨水，所有的樹都被迫彎了腰。

這時父親忙著在加速綁著豬舍、鹿寮的屋頂。動物住的地方，是先用咕咾石砌起外牆，然後再一層一層把茅草屋頂蓋上去。茅草雖然輕巧通風，也容易

取得，但因為輕飄飄的受力大，也特別怕颱風。父親用一根粗大的麻繩，將茅草屋兩側捆緊，然後再順著屋頂壓上幾根大竹竿，最後綁牢，如此一來，便不怕颱風將屋頂給颳走了。

處理完了鹿寮之後，再回家把所有的窗戶都用木板給堵起來，前後門的防風木板也給綁上。確認了四方門戶都妥當處置以後，父親更是在老屋中放一個大鐵桶，準備颱風來時，讓孩子們能夠躲在裡頭。

一切都忙完後，天色終於大亮，但我們的心情並未跟著明亮起來。屋外的風聲愈急促，一聲高過一聲，聽得見颶風粗暴吹倒什麼的巨大動靜。整個大湖村杳無人煙，所有人都瑟縮躲在咕咾石屋裡，因為緊張而壓低了聲音，房中有一種刻意的壓抑，屋內的沉默與屋外的動靜形成鮮明的對比。

到了傍晚時，屋內微弱的煤油燈下，燈火一陣搖曳——氣溫陡然高了起來，滿屋子的熱氣逼人，小島突然被熱風籠罩，熱氣彷彿在我們伏低的背脊施壓，逼得人汗流浹背。這是颱風登陸的前奏。

暴風雨突然安靜了下來，屋外忽然充滿久違的寧靜，但是空氣裡的熱度不

減，熱流如大氣裡隱藏的暗流，依然活躍地流動。

突然之間，狂風暴雨竟然以更加狂暴之勢，接踵而至，強烈的北風倏然掩至，整座咕咾石屋彷彿都被撼動。屋中的空氣都被吸了出去，接著，突然間門窗縫隙被風和雨給鑽了進來。父親看情況不對，趕忙把我們都給趕進大鐵桶中。這時突然「啪」的很大一聲巨響，屋頂竟然被颶風吹來的一顆大石頭給擊破了——屋外所有暴力的氣流都爭先恐後自破洞中進來，屋內物品齊飛，沙子、樹葉、雨水混合成一股莫可禦之的洪流灌了進來。瞬間所有的東西似乎都在漂流，都在飛舞，都在移動，我們躲在鐵桶中，父母躲在房子的角落，都在極力避免混亂中被什麼給砸中。

屋頂的洞彷彿是承接宇宙洪荒的破口，讓風雨裡應外合地搖撼，企圖支解我們小小的咕咾石屋。我似乎可以聽見小屋艱困的喘氣聲，巨浪夾著風聲，整個大湖好像要被吞噬掉了。風在亂吹，任性地變換方向，恣意捲起物品，盡情展現開天闢地以來從未減弱過的原始暴力。

大風依然吹著，沒有絲毫想要減弱的意圖。父親開始在屋內燒起破布。他

說燒破布的煙，可以驅趕颱風，讓颱風快點過去。我不知道這種古老信仰的根據何來，可能是人們為了抵抗天地，所做的小小徒勞。此時屋內布滿濃煙，混合著水氣，燻蒸著我們，使我喘不過氣來。

狂風持續了一整夜。

我們也一夜無眠，清晨時，風向忽然變了，風從正門吹了進來。轉南風了。門上的防風板被南風撩動，發出「喀拉喀拉」的聲響，此起彼落。風勢慢慢變小。

「回南了，颱風過去了。」父親說。

天色一亮，打開防風門板，一眼望過去，阿眉山褪去了綠衣，殘敗的樹幹插在灰褐色的山壁上，露出底下大塊的紅色泥土，整座山頭像是被人用大刀胡亂揮砍過一般。海岸防風林中那些林投、黃槿也被吹得只剩下一叢叢光禿禿的樹頭；村裡隨處可見殘破的咕咾石屋的殘骸，四散在路上，鹿草田裡。許多人家裡的鹿舍及豬圈的屋頂也被掀掉。經過一夜的颱風肆虐，整個大湖村用「斷垣殘壁」來形容也不為過。

昨晚的巨浪越過防風林，把海中的珊瑚礁碎石全部給推到小徑上頭，靠海的沙田也全部淹了海水，沙田泡過海水，充滿了鹽鹼，要耕種只能再等一陣子了。藏在防風林後的船隻，新上的亮藍色油漆被高速的颶風裡頭挾帶的飛沙給全部颳了下來，船殼裸露在外，一艘艘全變回原木色的船，船殼表面傷痕累累，小舢舨的船艙內裝滿了沙子和水。澳仔底那片沙灘全被推到土地公廟前的廣場，災後的澳仔底沙灘，變成整礫石灘，崎嶇不平，布滿了巨大的礫石。想要再把船給推入水是難上加難，就如現在攤在大湖村之前的重建道路一般，蹇跛難行。

颱風過後第一要緊的事，就是趕緊把埋在沙土中的蕃薯藤給翻出來，免得太陽出來以後，高溫照射沙田，土中的蒸氣會直接把蕃薯藤給燙傷。父親領著我們全家，先將殘破的房子放下，到沙田中把昨日埋下的蕃薯藤翻了上來。一壟壟的蕃薯藤，在沙土中躲過了昨夜的颶風和海水，青綠色的藤葉完好如初，只有葉面沾滿了黃色的沙土——經過陣雨的清洗之後，蕃薯藤會再頑強地抽芽，給我們下半年的盼頭。

豬寮的那三隻豬公，因為颶風將屋頂給掀走，早嚇得不知道躲哪去了。我們翻完蕃薯藤之後，動員全家人上山下海地找尋走失的豬公。母親邊找邊念念有詞，豬公是貼補家用的重要經濟來源，可千萬不能有失——最後在半山腰的樹叢找到了牠們。牠們被尋獲時，嘴裡還啃著最喜歡吃的銀合歡葉，看來災後的動物，總是先於人類而恢復，我們在面對自然的巨變之時，終究是過於脆弱了些。

鹿寮的屋頂因為綁得很牢靠，所以沒有被強風給掀走，是不幸中的大幸。否則依照梅花鹿膽小的習性來看，一旦鹿寮出事，被嚇破膽的鹿可不像豬公神經這麼粗，一旦嚇跑，這些鹿就很難再找回來了。

大湖村因為在小島東邊的緣故，所受到的颱風災情遠遠嚴重於其他的村落。強風幾乎把森林裡所有林木的樹葉都給吹落，連大山兩側深溝裡的百年巨榕都被吹得只剩下枯枝殘幹。熱帶季風林的闊葉樹也被吹得歪七扭八，冷不防一看，還以為整片森林都已經死去。但是我們知道，只要給森林足夠的時間，會再長出茂密的枝葉的。

森林如此，人亦然。重建的工作是艱辛的，許多材料不是短時間之內就能夠籌組完全的——屋頂上那個大窟窿，父親先用舊木板蓋住，暫時地遮擋風雨。而防風林小徑上那些被海浪給沖刷上來的亂石堆，所有村民一起動員起來將其清除乾淨。最艱苦的工作，是澳仔底那片礫石灘，我們必須盡快清出一條足以讓船通過下水的船道出來，好讓大船可以盡快下水，恢復捕魚的工作。

颱風過後第二日，空中依然吹著微微的風，所有的大湖村民齊聚在澳仔邊，不分男女老少一起先推開擋住澳仔的大石頭——一粒一粒地推、一顆一顆地搬走，一層一層地處理。礫石灘上到處都是二、三公尺高的巨石，全村的人花了一整天才將巨石都先挪到澳仔兩旁的灘塗上，勉強整理出一條堪供漁船下水的船道。造船的老師傅也帶著幾個後生去修補風沙颳壞的船殼，所有人在災變後依舊忙著，鋒利的現實沒有給予太多喘息的空間。

幾日的時間悄悄地經過，忙碌裡沒有人有心思去計算時光的流逝。阿眉山上的樹木看起來依舊乾枯，海岸林也是光禿一片，但是仔細去看，樹梢已有嫩芽悄悄地冒出頭來。澳仔邊的漁船，也重新漆上了亮藍色的漆，顯得神采奕

奕。村民們忙碌地準備著各種工作，一切都在悄悄地復甦。

微微的海風依舊溫柔地拂過大湖，細浪輕巧地舐著長灘，一切復歸寧靜。大山依舊矗立在那裡，沒有風也沒有雨的日子，好像什麼也沒發生過一般。只有光禿的山壁、林梢，記錄著小島曾被大氣與水擺佈過的痕跡。

第十五章　羊哥窟

滾水坪

滾水坪海岸上，一道蒼茫的草原橫亙其上，終年被北風吹襲著。浪花拍碎在岩石上，隨著北風捲起、飛舞在草原上，像是秋天裡開不盡的菅芒。黝黑綿長的珊瑚礁石，構成了崎嶇的海岸，只有低矮的安旱草，還有開著白花滿身是刺的雞爪刺匍匐其上，增添幾許綠意。偶爾能見到羊群來此覓食，百無聊賴地低頭嚼著草，時不時警醒地豎起耳朵東張西望，像被什麼給驚嚇到一般，過幾秒又低頭吃起草來。

海岸草原東邊與睡美人遙遙相望，西邊矮小的丘陵地裡，藏著一個與世隔

滾水坪的羊群

絕的聚落，彷彿被時間遺忘一般，連上升的炊煙都像凝固了，在龜灣的金色日落裡，拉出一道緩慢而迤長的輪廓，慢慢向天際飄去。

草原外黝黑的海岸，面對太平洋終年不斷，猛烈的強風巨浪，黑潮在此以高速撞擊海岸之後，直往北方而去，留下翻捲不止的破碎潮水。詭譎的礁石和奇異的流水，使得滾水坪「地獄海」的名聲遠播。許多支離破碎的船隻就埋身於此，葬在雪白的浪花和湛藍的海水之下不知幾竪，剩下空幽的海風伴著激浪嗚咽，好像海員靈魂不甘的哭泣——許多故事就深藏在這片海域之下，假使你聽見的話。

滾水坪之所以得名如此，一方面當然是因為礁石下翻滾不止的海水就像終年沸騰的水那樣翻攪不止，另一方面也因為這裡真的有滾水——有一個天然的海底溫泉就在這礁岸上，海底噴出的高溫海水就在滾水坪珊瑚礁岸高潮線上，每逢漲潮時，這一汪溫泉便會神奇地淹沒在海中，等到潮水退去，才又幽幽地散發出蒸氣，還有硫磺味，摻著海風，聞起來也不是那麼嗆鼻了。

草原東側海灘邊，矗立著大大小小的珊瑚礁石筍。一根一根犬牙交錯地矗

立在岩礁上，彷彿在守衛著什麼一般，保護著這片草原，其中有一個通往草原中心的岩穴，高大而深不見底，像是大地咧開的巨嘴。羊群會來此遮風避雨，所以大湖人就稱之為「羊哥窟」。滾水坪和羊哥窟，在過往的歷史中，曾經留下一段動人的傳說，至今仍為人所津津樂道。

我小時候曾聽過父親對我講述過這段故事，關於羊哥窟的種種藏在歷史迷魅之後的故事。他告訴我，大湖人傳說裡，羊哥窟中，至今都還留有幾隻殘損的木槳在裡頭，都是早期海盜留下來的遺物，裡頭很可能就藏有寶藏。但或許因為年代久遠，或者因為海盜刻意為之，羊哥窟中段早因為倒塌而被石塊完全封死，令人無法深入洞底的核心一探究竟。父親說他們曾經探勘過——村裡的男人們手持火把真正進入到羊哥窟中，但被巨石阻擋了進路，無功而返。類似的尋寶傳說其實在綠島四處流傳，燕子洞、羊哥窟等……都被傳說描述得神祕非常，因而添上一種神祕的氣質。

讓我來告訴你們一個故事，很久以前，久在綠島有人煙之前……

暴風

當時的小島，只是一座矗立在東部外海中的荒島，島上遍布著翠綠的熱帶雨林、起伏的山丘。雨林從山上一直延伸到沙灘的邊緣，小山羌的足跡印滿整個沙灘，像打翻了細碎的卵石那樣恣意撒遍。山谷裡的巨榕伸出氣根，構築起自己森林中堂皇的宮殿，懶洋洋的果子狸在樹蔭下打盹。狐蝠張開長達一、二公尺的翅膀翱翔在天空之中。這幾種動物主宰了整個島嶼，杳無人煙的小島，顯得野性勃勃而生氣十足。

七月的大洋上，一艘巨大的木船航行在黑潮上。船上帶著兩艘小木船，幾隻木槳順服地綁在小船邊，隨著南風吹來的節奏，整艘大船漲滿了帆，跟著海水的起伏微微擺盪，一路循著黑潮北上。這艘船看起來有些不尋常，水手們不像一般商船的水手那樣帶著一股憨厚老實的氣質，反而有種銳利肅殺的感覺，這種氣質，只有長年在死人堆裡摸爬，才有可能培養得出來。估計這艘大木船的來頭不單純，應該是專門在海上幹些殺人越貨勾當的海盜船。季風揚起巨大

的船帆，帶領著大木船急速劃過黑潮平穩的海面上，像一條飢餓警醒的鯊魚，來回地穿梭在這東太平洋蠻荒的疆界上，尋找獵物。

炎熱的七月天，陽光毫不留情地曝曬著大洋，把水氣曬得直往天際上竄，往往凝結成快速又短暫的西北雨，「嘩啦啦」地又下下來，速度之快，剛把人打濕了卻又停了，像午睡後一場短暫的夢，也來不及醒來，叫人分不清楚到底下過雨沒，只有衣服、頭髮還濕淋淋地滴著水，像夢的殘餘。

大船高聳的桅上，放哨的水手還在偷打盹，突然間，萬里無雲的天空靜了下來——季風停止了。原本漲滿的風帆像洩了氣的皮球一樣慢慢耷拉下來，軟軟地掛在桅上。一切的動靜都忽然停了下來，連潮水也彷彿失去了動力，從奔竄的巨流變成微弱的伏流。大木船就這樣突然被硬生生打住，停在海中央倉皇地四下張望，任憑船上的水手再怎麼賣力划船，也無法撼動巨大的船體。整艘船詭異地隨著微弱的洋流慢慢踩向北方——而北邊，正是熟知這片海域的人都知道的，暗礁林立的不祥海域。

在這季風停止的時刻，黑潮流動的方向決定了船隻的命運。北邊那片藏青

色的不祥海水，像充滿巨大的惡意、像張大口的惡鬼，正虎視眈眈地趴在那裡，等著他們自投羅網。海裡的暗礁是看不到的，除了海水顏色可能深點，或者大退潮時才可能露出一點端倪出來。那些水面下犬牙交錯的陷阱，對誤入的船隻從來不留情，底下複雜的地形也會引起潮水紊亂，經常性地形成漩渦，神出鬼沒在這片海域裡。而這片充滿惡意的海域，便是滾水坪外海。

滾水坪沿岸地形惡劣，潮水終年像沸騰了一樣，發瘋地撞擊著礁石，激起巨大破碎的浪，張揚昭示著無所不在的暗礁。而外海那片深色的海水，卻把所有危險都給收斂起來，只是藏在深藍近黑的水面下，彷彿蓄勢的掠食者。許多過往的木船都因此而永遠地留下，葬身於此，永遠地成為這裡水下暗礁的一部分了。它令水手恐懼的名聲，是貨真價實以血肉堆疊而出的，血淋淋地告誡水手永遠不要疏忽了大海中一切看不見的危險——看不到，不代表就不存在。

大木船隨著洋流飄至滾水坪外時，所有水手登時心都涼了起來，一股恐懼的寒意直竄心頭，紛紛想著此番必死無疑了。但可喜的是，黑潮並沒有帶著大木船往暗礁區流去，反而險險地擦過死亡海域外圍，漂到了龜灣外海。

一夥人經過幾天幾夜漂流，又經歷這番險死還生，終於見到小島清晰的綠色輪廓，這時吊著的一口氣才終於放鬆了下來，無不歡欣雀躍，喜形於色。此時船上的淡水也用罄了，船長便決定在此稍做暫停，去島上補充一些民生物資及淡水。水手們得令，齊心合力放下船舷掛著的小木船，五、六人一艘船，吆喝著逆流划向小島，費了不少工夫，終於趕在漲潮時，成功登上小島。

登陸的地點，是一片細緻的潔白大沙灘，再過去是低矮的海岸林，海岸林後的山丘上，月桃正在怒放，野芒花長滿整個淺丘，隨著風簌簌地抖著。到處都是細小的獸足跡，印在沙灘上像被打散的拼圖。水手們分頭尋找淡水找了一陣子，找不著淡水，卻又不敢走太深入，最後總算在岩壁的裂罅中找到水源——一道細小潺潺的水流。好不容易裝滿了幾木桶的淡水，大夥兒趁著還漲潮時，奮力划向龜灣外的母船。

回到母船時，已經是太陽西沉的時刻，大家折騰了一整天，除了淡水卻什麼也沒有找到，士氣難免有點低落，氣氛沒了當初的那股歡欣雀躍了。隨著夕陽最後一絲光芒被掩去，黑夜緩緩蓋過整個世界，大船穩穩地停在龜灣外海。

水手們累了一天，稍微吃過，收拾一下便都睡下了。

半夜裡，船桅上放哨的人突然一陣激靈，風停了，隨即又更加強烈地吹了起來。這是有經驗的海員都怕的事情——夏季的季風突然轉向了！由西南風突然變成北風。巨大的北風在夜裡毫無預警地降臨，先是輕輕的北風，木殼船感受到一陣搖晃後，突然間整個海平面都開始掀起白色的浪頭。一波波巨浪從四面八方襲來，木殼船艱困地在浪峰間不停地上下左右搖晃，船長飛快地打著舵，在鋪天蓋地襲來的浪頭間取巧地鑽著，企圖闖出這片風暴的範圍。

風暴來得太急，風又太大，風帆根本無法升起使用，大大地阻礙了船隻行進的靈活及速度，風帆掛在桅上，被狂風胡亂撕扯著，「啪」的一聲被風給扯爛，直接掉入海裡。水手們大多數被嚇得躲進船艙裡，船隻只能被動地隨著巨浪被拋上拋下，風暴裡伸手不見五指，沒有人知道船隻將被帶往何方，船長只能盡人事，盡量保全船隻，僅能不被沒頂，或者根本無法保證能不能活著見到明天的太陽。

忽然「砰」一聲巨響，伴隨著劇烈的震動！眾人最擔心的事情還是發生

了——船觸礁了。

船底破了一個大洞，冰冷的海水飛快地灌了進來，不一會兒整個船艙都積滿了海水，艙底的東西四下亂漂，驚恐的水手倉皇地爭先恐後爬出船艙。艙外的狂風巨浪並沒有停止，船尾已經開始下沉，整艘船幾乎要沉了一半。在水手們驚恐的目光中，船長大聲指示著去將船邊掛著的小船給放下。也許是被嚇傻了，或者風雨太大了，眾人並沒有動靜，船長氣得拉了身邊一個人過來，反手就給他一巴掌，大吼一聲：「幹恁娘都什麼時候了！還不去放下小艇準備逃生！」

回過頭再吩咐幾個人去把艙裡那幾箱貴重值錢的東西搬出來放到小艇上。眾人安置就緒後，紛紛跳上小艇，棄船逃生。大家奮力地划起小槳，駛入眼前茫茫未知的未來。小船在風暴中無助地隨著巨浪擺布，遮眼的海水和雨水劈面打過來，根本看不清前路，只能不停奮力地搖著手上的那隻木槳，企圖給自己找出一條生路來。此時船長朝向那艘大木船的方向回首望了一眼，但哪裡還能見得著什麼大木船呢。那艘大船，早禁不起惡浪的摧殘，在大海中被殘忍地肢

解，消失得無影無蹤了，一半的水手也跟著陪葬，一想至此，船長心中也一陣愴然，但他沒有什麼時間去感傷，眼下還有攸關生死的難關要度過。

不知道划了多久，眾人的手早已失去知覺，卻還本能地、機械地慢慢划著，終於撐到風暴過去，小艇雖然或有破損，但終究是撐下來了。也不知道是不是否極泰來，兩艘小艇竟然被沖上滾水坪的礁岸上。狼狽不堪的水手們，在漸漸亮起來的天色中，驚見滿布暗礁的滾水坪，以及沸騰的大浪，望著眼前有如地獄海的場景，想起昨晚驚險的歷程，不由一陣後怕襲了上來。

孤島

滾水坪的礁岸布滿了尖利的珊瑚，到處是潮間潮池，只有左側一片礁崖，旁邊怪石林立，一群人拖著沉重的步伐，走到怪石嶙峋的礁崖下方，尋找暫時棲身的地方。走到崖下，一個巨大的石洞出現在大家眼前。巨大的洞口，一眼看不見洞穴的盡頭，濤聲、風聲傳進去，像是一個擴大機一樣，發出轟隆作響

的巨大迴響。洞穴底部鋪滿潔白的細沙，穴口處巨大的礁岩恰好擋住了北風，洞中空間寬大，可以容納幾十人棲身。這群狼狽不堪的水手們終於可以放下擔憂恐懼，好好在此休息一番，順便壓壓昨夜的驚。

一行人意興闌珊地休息到入夜，想方設法起了一堆火烤乾衣物。洞穴外的夜空裡濃雲遍布，見不著月亮，伸手不見五指的夜色中，偶有幾隻大狐蝠巨大的身影，帶著撲翅的動靜飛過。岩壁上傳來野山羊細細的叫聲，在轟隆不絕於耳的巨浪聲中，聽起來像是昨夜落水的水手哀嚎。

船長一個人走到洞穴外，找了塊大石倚著坐了下來，抬眼環視四周；這裡不是寧靜海，而是面目猙獰的地獄海。回想起之前一路順暢的航行，畢生的血汗拚搏來的那艘大船，還有那船替他賣命的手下弟兄，一夜間全部葬身在這個陌生的島嶼外海。如今身邊幾乎什麼都沒剩下，只剩下那幾隻破舊的木箱，及劫後餘生的一小撮人，還有那兩艘幾近解體的小艇，不禁悲從中來……

眾人心裡都懷著心事，一夜無言。隔天水手們在飢腸轆轆中醒來，白沙灘上空無一物，連止渴的淡水都欠奉。於是船長帶領著大家走出這片海岸，開始

探索這個荒島。一行人沿著沙灘，越過茂密又帶刺的林投樹林，爬過高大滿是野芒草的丘陵臺階地，尋找淡水水源和食物。

這裡沒有熱帶島嶼四處可見的高聳椰子樹，只有滿地的石楠木，黃色的大果實帶著一種刺激的味道，無法提供人類充飢。島上靠海處的植被長年受著強風的肆虐，原始雨林因而顯得較為低矮。眾人的運氣不錯，在一處野芒草原上，找到了幾個野塘，剛好昨夜又下過暴雨，灌了滿滿一池的水，清澈見底，勉強解了大家的乾渴。但是清水無法解決飢腸轆轆的現實困境，不斷襲來的飢餓讓人精神下降、行動也愈發遲緩，也無力再爬過那些山丘，於是眾人便沿著來時踏過的小徑，回到沙灘邊崖下的岩洞中。

等到月亮升起，潔白的月色灑滿了整個滾水坪沙灘，但是岩洞裡的眾人絲毫感受不到月色的浪漫，只覺得被飢荒不斷折磨，人都快被逼瘋了。於是只好趁著月色又出來覓食，希望能在沙灘上有所斬獲。一輪斜月高高掛起在西邊的山頂上，水手們眼尖地瞧見林投樹林的邊緣，有什麼模糊的輪廓在移動著，趕忙飛快地跑過去，深怕好不容易到嘴的鴨子給飛了。等到跑過去定睛一看，是

巨大的椰子蟹正在爬林投樹，在啃食著明紅色的林投果。

大家一看就樂了，也不管椰子蟹猙獰的外表，小心翼翼地避開椰子蟹恐怖的巨螯，每個人沿著椰子蟹留下的痕跡各自捉了兩隻，用野草綁著提了回去。回去後把昨晚留的火種給挑大，草草烤熟椰子蟹後，眾人狼吞虎嚥，暫時止住了肚皮中的飢腸轆轆。

坐困

風暴過後幾日，大家就艱難地在這片荒蕪的礁岸靠著採集一些螃蟹小魚椰子蟹之類的小動物掙扎求生。這時總算夏季的西南信風又開始吹起，黑潮又恢復了原本的流動。這時船長安排了一個人爬上洞頂，礁崖的頂端是一片不毛的稀疏草原，居高臨下，很可以拿來監視海上是否有船隻經過。大夥兒回家的希望全部都寄託在此了，初時還顯得滿懷希望興致高昂，沒想到幾日幾夜過去了，黑潮上連根大一點的木頭都沒漂過來，這樣悽慘的現實狠很地打擊了眾

人。終究滾水坪在荒島的東邊，並不面對主要航道，加上附近海域暗礁遍布，根本就很少船隻會經過這裡。每日裡等了又等，但是傳回來的消息都是令人失望的一無所獲。

隨著時序漸漸入秋，受困的水手們因為缺乏糧食，原本豐滿的面頰凹陷，衣物也因為缺乏修補而襤褸破敗不堪。一群人拖著一身襤褸的衣裳，憔悴的面容恍如鬼魅一般，每日外出在荒涼的礁岸上竭力搜尋各種可食的東西。但受制於天氣，珊瑚礁上尋找到食物的機率也直線下降。林投樹林中的椰子蟹也差不多快被耗盡了，而且冬天來臨時，椰子蟹將會進入洞穴中準備冬眠蛻殼，再也無法找到牠們的蹤影。一群人就在一種絕望的狀態下迎來了冬天，在這個遠離文明的荒島上苟延殘喘。

冬天到底來了。西南季風轉變成狂暴的東北風，颳起巨浪更加猛烈地拍打著海岸，強風雖然無法直接灌進岩洞之中，但刺骨的低溫還是直逼進洞穴中，直達深處。險惡的天氣籠罩著整座荒島，生活條件變得惡劣十倍不止，有許多人的身體已經瘦弱不堪。

其實岩壁上經常可以見到成群的山羊，看牠們奔馳在礁岩上如履平地，身影飛快；林投林再過去的熱帶季風雨林中，也經常可以見到山羌出沒的身影，但是水手們因為缺乏營養的緣故，身體瘦弱，根本無法捕獵到野山羊或山羌，又因為缺乏工具，做出來的粗陋陷阱根本就抓不到什麼大型獵物。大家只能沿著海邊，撿拾一些被海浪沖上來的魚類屍體來充飢，整個冬季過得苦不堪言。

終究有幾位弟兄沒有撐過去，在飢寒交迫下寒愴地客死在這個化外之地。林投樹林旁的沙地，成了他們最後的安息之地，僅有兩塊珊瑚礁石，一立一躺地立在沙堆前，標誌著他們的安眠之所。墳頭正對著前方翻滾不止的地獄海，恰好與葬身海底的兄弟們遙遙相望，也是日出的方向。殘餘的眾人相對默然，都不出聲，或者伸手抹一抹眼裡的淚。此時冬季微弱的太陽高掛在前方海面上，無疑是一種最大的諷刺，好像在告訴他們，這裡終將是你們生命的終點——海洋吞噬了生命，也無情地阻擋了回家的路；而一切努力終將徒勞，終將倒在荒島的塵土中。

其實大家不是沒想過離開這個荒涼的礁岸去另謀生路，只是東邊有巨大的

火成岩亂石磊磊攔住去路，西邊是一望無際的大荒原，高聳的大山又攔住了通往島嶼另一面的去路，茂密的原始叢林阻斷了島嶼中央的通路，又無法沿著海崖攀爬過去。想要離開這個活生生的囚籠，真的是難上加難，無計可施之下，還活著的人，只能繼續守著這個岩洞，在絕望的情緒中掙扎著活下去。

隨著時間過去，野鷗鳥回來的身影，捎來了春天的訊息。成群的鷗鳥在草原東邊的岩壁上築巢，在地獄海上翱翔，尋找丁香魚的蹤影。繁殖期海鳥聒噪吵鬧的聲音隨著風傳送到大岩洞中，礁岸後的荒原也披上一層綠色的外衣，寒風褪去，風向也轉變了，沙地草原的小動物們紛紛開始爬出地洞活躍起來。對水手們而言，春天的來臨帶來了食物，眾人帶著倖存的喜悅享受春陽暖呼呼的沐浴，大大地鬆了一口氣。陽光公平地照在活著的人身上，也照在沙灘盡頭處隆起的墳塋上。

船長再度派人去崖頂放哨，但依然沒有任何好消息傳來。坐困岩洞的日子是無聊的，令人意志消沉。這座荒島的面目，對他們而言，除了地獄海以外，其他地方都籠罩在一片未知的濃霧之下，未來也像被籠罩在一片根本撥不開的

濃霧之下。為了突破眼下的困境，船長召集大家一起開會討論，商討登上島嶼的最高峰去探勘一下這座荒島的全貌。

眾人挑了一個風和日麗的春日早晨，地獄海上風平浪靜，一行人光著腳丫，向東側的海灘走去，越過了珊瑚礁岸，爬過亂石磊磊的黑石灘頭，來到一個小小的海邊堆積平原，而那裡，就是大湖。當時整個大湖還長滿了高大的野林投樹，四處可見的石楠樹林擋在眼前，遮住了前方平原的樣貌，也無路可走。大家在此地的林投樹下停了下來，共商如何上山之路。

船長指著遠處兩座大山之間，有條大山溝，溝渠兩側被熱帶闊葉林密密麻麻掩蓋得不見天日。順著溝渠往上走，應該就是通往大山頂最近的捷徑了。於是大夥兒又沿著海灘一條乾掉的野溪床走進山溝裡，順著山溝往上走。乾涸的溪床布滿粗大的鵝卵石，忽大忽小，讓人舉步維艱，幸好山溝被密密麻麻的熱帶闊葉林遮住，行走其間還算涼爽，清涼的溫度也大大降低了爬山的艱苦。

平坦的河溝走到了盡頭處，接踵而來的就是陡峭的山路，一顆顆巨石又橫亙在路上，長滿青苔又濕又滑，一個不小心就會被絆倒。大夥兒艱難地穿行在

巨石陣中，一會兒要繞路，一會兒又要攀爬，一會兒又要從隙縫裡鑽過。在密不透風的溝底中，只聽得見偶爾傳來一聲小動物的叫聲，還有樹葉沙沙的聲響，其餘就是自己的腳步聲了。

終於走完這段艱難的道路，來到兩座大山的山腳下，平緩的河谷地中出現一汪清澈的野塘，裡頭有魚兒游動。野塘邊蛙鳴聲此起彼落，春天正是蛙類繁殖的季節，膚色綠中帶黑的虎皮蛙在這裡孳息綿延，在鼓譟的蛙鳴聲中，產下形似黑珍珠的卵。

南邊的大山看起來坡度較為和緩，芒草夾著灌木長滿整個山腰，像一片綿密的大網纏繞住整座山，眾人行走在比人還高的芒草密林中，牛步爬上了半山腰。半鑽半爬地穿越過於濃密的芒草跟灌木林後，通往山頂的路就稍微比較好走了。於是眾人再一鼓作氣，直接竄上了山頂，見到終於開闊的山頂平臺。

山頂稍微平緩的地形，也長滿了比人高的芒草，裡頭點綴著幾株灌木。想要鳥瞰全島，還得爬上樹才行。精疲力竭的水手們，只好拖著疲憊的雙腿，爬上搖晃的枝頭，伸出頭來環視這座小島。

首先入目的，就是無邊無際環繞著小島的湛藍大海，黑潮還是靜靜躺在北邊的海域裡，形成一條黑色流動的黑水溝，隨著奔騰的浪頭一路揚長北去，宛如海裡一條翻滾不止的巨龍。而在平靜的海相中，看不到半點帆影，熱氣彷彿在死寂的海上凝固了，再往山下看，整座大山好像直接矗立在大海中央，只看到山與海間小小的海灘上滿是船難的殘骸，將沙灘點綴得更加荒涼。雖然地獄海的浪花依舊，但在山頭上聽不見海浪的咆哮，只覺得這片景色生機全無，靜得出奇。

大夥兒費了這麼大的工夫，飽經折磨才攀上山頂，就只見到這一派荒涼的景色，彷彿心頭被重擊了一下，失望的情緒瀰漫出來，再想到回程的長路艱困，本來疲憊的雙腿更像是灌了鉛一般，再也擠不出力氣了。在船長的催促下，大夥兒不甘願地沿著來路，順著山腰下山，回到野塘邊。但這時太陽已露出西垂的疲態，卻還有一道險峻的山溝要克服，一行人只好再加快速度爬下崎嶇的山溝，踩著點在夜暮低垂前趕回滾水坪沙灘上。

罪惡

回到岩洞裡，眾人的情緒已經下降到冰點，絕望的低氣壓瀰漫，其實大家心裡雪亮，要離開這座荒島，已是幾乎不可能的，只是今天以前，誰也沒戳破，還抱著一絲希望。今天過後，這最後一層遮羞布到底是被揭開了，殘忍的現況還是狠狠地掐滅那最後一絲希望。

於是在接下來的日子裡，許多情緒開始在殘存的水手間慢慢醞釀、蔓延。當大家心裡還有一絲盼頭的時候，自然肯為了共同的目標隱忍；而這最後一絲希望都沒了的時候，原本的人性便會顯露出來。他們本來就不是什麼善男信女之流，在海上專幹殺人越貨的行當，也都是膽大心黑之輩，當摩擦開始頻繁地出現，船長再也無法控制住他們。

糧食短少是最主要的衝突來源，慢慢演變成人際危機，大夥兒火氣都很大，誰也不讓誰，大大小小的語言衝突不斷，最後終於失控，引發嚴重的群毆。打架的人打出火氣來，手底下根本就不知道輕重，一場群架過去，誰也沒

佔了誰的便宜，傷勢重的，只能躺在沙灘上奄奄一息，根本就無人能施予援手救治，呻吟了沒幾天，也變成沙灘另一頭一堆微微隆起的墓塋其中之一了。

不到一年時間，大岩洞中僅剩下三個人，其餘的不是餓死，便是在內鬥中喪生。船長悲涼地掃視剩下的二人，心裡哀戚。要離開這荒島斷然是不可能了，想起船破之時，帶來的那幾隻木箱，最後的歸宿竟然是在這個天涯海角的岩洞之中，不由悲從中來。於是招呼了剩下二人，三人合力將那幾隻木箱抬進岩洞深處。

岩洞最深處，是沙石混合的土質，他們每天除了尋找食物的時間外，剩下的時間便是在岩洞內用手和木棍，一把一把挖起沙石，挖出一個可以深藏這幾隻木箱的沙洞。這過程像是一個儀式，好像隨著那幾隻木箱的入土，也一併將過往的罪孽給深埋了，彷彿挖掘過程中所受的苦難，是一種洗滌、一種救贖。唯有藉著這近似自我折磨的過程，沉重的心靈才能得到一種確實活著的薄弱感覺。

苦難並沒有過去。

七月的一場大災難毫無預警的來臨，就像當初將他們給吹上荒島的風暴一般。颱風沿著島嶼東部登陸，滔天巨浪越過海岸線直接灌進大岩洞裡。在暴風雨的暗夜中，三人像驚惶的兔子一般，沿著洞壁瑟縮地摸索爬行出來，鑽入高大的林投樹林中，希望尋求庇護。可惜大自然並沒有打算就這樣放過他們，十幾級的颶風直接將整個海岸林的樹葉颳得一乾二淨，僅剩光禿禿的枝枒。暴雨潑盆般傾注下來，三人又鑽入亂草叢中，承受了一夜暴風雨的摧殘折磨，又餓又冷，狼狽不堪，終於又一次見識到颱風的威力。

三人在風暴過後，回到凌亂不堪又濕淋淋的岩洞中，洞底原本鋪滿的細沙被海水給捲走大半，露出底下粗糙的岩床來。原本一些簡單的生活工具全隨著海水流走，隨船帶來的那幾隻木槳，卻反而被沖進洞穴深處，是他們唯一剩下的東西。

颱風又一次摧毀了他們的生活，將原本的步調給清洗得一乾二淨，空蕩蕩的岩洞就像他們初來時。兩艘小艇被風浪颳碎，剩下破碎的木板被海水沖上岸來，散落在沙灘上。至此他們已全然不指望回家了，對於小艇被毀，心裡有種

遲鈍的疼痛，覺得應該難過，卻發現哭不出來。好像已經無所謂了，絕望變得麻木，也不想多花力氣去無謂傷心了。

颱風狠狠颳去小島一層皮，整座島如火燒過的墳場一般，綠色的島嶼變成黑褐色，山峰稜線完全裸露出來，不復先前蓊鬱的面貌。三個絕望而又殘存的人，依然彎腰在礁岸上採集食物。颱風後的海岸堆滿漂流木，大大地阻礙了他們採集食物的進程，使得他們飢荒的狀況更加地嚴重。飢餓消耗了他們的身軀，同時也耗盡他們的意志力，骨瘦如柴的身影依然日復一日在豔陽高照的珊瑚礁上移動著，尋找支撐自己活下去的一點點食物。

時間一年一年的過去了，前方黑潮洋流上，依然沒見過揚起風帆的大船經過。這片凶名遠播的暗礁海域根本就沒有船隻願意經過，哪怕是靠近都不願意。偶爾有商船經過，也是離得遠遠地，像躲避什麼一樣，早早繞開這片不祥的海域。

日子在絕望中消逝，大岩洞裡散落的幾隻木槳，還有幾副骸骨，寫下了沉船的終章。

時光荏苒而過，這段苦難的故事已隨著歲月埋入潔白的沙灘裡，再沒有人記得；像大岩洞中那幾隻木槳，曾經留下過人類生活的痕跡，卻隨著時間腐朽、風化，最後消散於虛無。

當綠島人的先輩們踏上這座島嶼時，大岩洞已經從中段坍塌，巨石完全封住了洞穴，也封住了這段故事，只留下幾隻木槳的傳說，流傳在先民的記憶裡，被保留下來。而那幾口裝滿誘人財富，或者裝滿海盜畢生罪孽的木箱，依然封存在岩洞的最深處，或許等待著重見天日。

滾水坪的景色至今依舊，大岩洞裡海浪、風聲依然發出巨大的迴響，也依然偶爾有山羊來此避避風雨。

第十六章　小貝殼

大湖村的海岸，鑲嵌著長長的珊瑚礁岸，水芫花沿著礁岸長成一條翠綠的長廊，大致替水與陸地劃出了界線。大潮時的海水，只到水芫花的前緣。許多沙子隨著海浪被搬運到高潮線上，積澱在大大小小的潮池之中。

海岸從東邊的睡美人起，一直延伸到滾水坪，越過小澳仔，到達左仔坪，都是黑色的火成岩岸，巨石林立，延伸到海水拍打之處，遞進成珊瑚礁岸。由於山溝通往海邊的水道大部分時間都是乾涸的，不會將泥沙等沉積物帶入海中，所以海水的水質清澈，在陽光下閃爍著深藍寶石色的光彩。潮間帶清澈的潮池，像散落的鏡子，水面的波光不時地眨動著，稍微深廣一點的潮池，茂密繁生著七彩的珊瑚，其中有五顏六色的熱帶魚悠游。靠近高潮線一點之處，是

平緩的灘池，裡頭隨處可見各種鮮豔的軟體動物。

高潮線上，細白的沙灘並不是山上沖積的細沙，而是珊瑚的外骨骼，經過幾千幾百年的沖刷、堆積，才逐漸積累成這麼一條潔白美麗的海灘。白色的珊瑚砂，其間穿插交錯著黝黑的火成岩，大大小小，犬牙交錯，是最自然的撞色，樸拙卻生氣盎然。東邊的長灘因為風浪長年的侵蝕，形成較粗獷的海灘。向西走到滾水坪，就會看見由潔白珊瑚砂所拉出的，一條最耀眼潔白的海岸線，直直連到遠方矮山丘的那端。

南邊的左仔坪長灘上，盡是一整片沙堆地，堆滿千百年來，由大瀉湖處被浪潮一次次搬運而來的細沙石。整片海岸被越堆越高，細沙掩蓋了整個海階地，上頭生長出耐鹼的海岸小灌木叢，形成抗擊海浪沖刷的一道防線，是海陸交界處一種堅韌意志的展現。

這裡是小島冬季的背風面，強勁的東北季風被犬形巨石擋住，將後方的大草原屏蔽起來——整座島嶼中，最富有塞外草原風情之處就在這裡，矮小的福建茶星羅密布，幾隻黃牛在長草間悠然低頭。偌大的草原上，僅有兩戶人家。

夕陽西下的傍晚，草原上一切都被斜陽拉出長長的影子。時間彷彿在此遺忘了步伐，一切都隨著草尖搖曳不定的光影跟著搖擺。北風中的小徑經年不見人影，只有呼呼的風聲，安靜地目睹一切。

滾水坪一帶的海岸線，藏著大海最美麗的祕密，就埋在潮池裡、細沙堆中——一粒粒細細小小的貝殼。

大湖人會撿來美麗的小貝殼，按顏色、尺寸分別放在火柴盒中，監獄的受刑人會出來收購這些小貝殼，一盒一塊錢，算得上很好的價格。然後透過他們靈巧的心思及雙手，慢慢拼出千百幅風情各異的圖畫來。圖中訴說著早期墾荒的歷史，或者反映日常、或者寄託思念。一顆一顆細小的貝殼，攢聚起許許多多的故事。貝殼畫，是自然與人力交互產生的，最美的奇蹟。

要採集貝殼，首先需要篩子。先以木板釘出四方的木框，底部是一層細目的鐵絲網。大大的篩子可以做很多事——曬魚乾、土豆等。但它最重要的功用，還是放在潮池及沙灘間，過濾沙子，篩出小貝殼來。每個月的農曆初一和十五是兩次大潮，大量的潮水會將珊瑚礁岸的所有細沙及小貝殼全部一起搬運

到高潮線的潮池裡頭堆積起來。在這個時候，整個珊瑚礁岸就會變得非常熱鬧，所有的大人小孩遍布整個海岸線，為的就是從沙中淘出一顆顆美麗的小貝殼來。

大潮過後，大湖人就會趁著天方亮，海水才剛褪去的時候，所有人帶著水桶、篩子，來到水莞花叢旁的潮池，一起將池底的沙子挖起，放入篩子之中，接著把篩子平放在潮池裡，左搖右晃，將泥巴、細沙從篩子中濾除，剩下小貝殼還有一些珊瑚礁塊。用手把較大的石塊給撿起丟掉後，剩下細緻的沙子還有小貝殼，需要再把沙子放入潮池中溫柔地搖晃，利用貝殼較輕的原理，慢慢將沙堆中的小貝殼搖到沙子上方。離水後將最上層的小貝殼刮起，收集入桶中。

採集完貝殼之後，還不算完工。小貝殼需要經過曝曬，等水分完全乾燥之後，才能進行篩檢和分類——依據種類、大小、顏色，分門別類放好。分類是很耗費時間的工作，一般我們都會選在農閒時間，慢慢給小貝殼分類。

當白天的工作結束，黑夜降臨時分，家家戶戶就會點起幾盞煤油燈，小桌上圍坐著全家人，在微弱閃動的煤油燈光下，將桌上一堆堆混著沙子與貝殼

的貝殼沙分開來。沙子直接掃到地上，剩下的貝殼再依種類外型分開來——草帽、小笠螺、白色小寶螺、斐螺等等……這些海中的迷你貝，擁有特殊的外型、燦爛的光彩，是最好的創作素材。

待分到夜深人靜時，煤油燈也差不多快耗盡了，一堆堆分類好的小貝殼，耗去了大家整夜的時間。分類貝殼也需要老到的經驗跟眼力才能勝任，因為貝殼太小了，所有種類花樣又混雜在一起，沒經驗的人冷不防一看那一堆堆花色駁雜的貝殼，根本無法分辨出來。貝殼單顆看起來或許不特別出彩，但是成堆相同的貝殼放在一起，就會煥發出獨屬於它們的美麗色彩，大塊的顏色在跳動的煤油燈下，彷彿有生命一般微微閃爍，恍若最漂亮的海底寶石。

我早就聽說南邊左仔坪的海灘上，深埋著許多各式各樣的燦爛貝殼，尤其小笠螺更是多得嚇人，所以一直很想去左仔坪試試身手及運氣。

某日我和姊姊們帶著簡單的幾塊蕃薯權充午餐，跟著村裡的一些小孩一起浩浩蕩蕩地前往左仔坪那一片夢幻沙灘。路程是遙遠的，那塊犬形巨石擋在路上。想要過去左仔坪，從澳仔那條珊瑚礁海岸，因為受限於潮水漲退的緣故無

法通行。而且在大湖的傳說裡，那一帶是鬧鬼的祖墳禁地，我們這群小孩根本不敢取道那條「陰間路」，所以只好從澳仔旁的羊腸小徑往巨石上爬——這條小路根本不算是條路，它是野山羊平時啃草的路，順著坡度呈現「之」字形，在陡坡上斷斷續續的，爬起來非常吃力。小路上布滿了碎石，光著腳走在上頭，腳底有如針刺般地疼痛，每走幾步，就得停下來休息一下。小路旁也密生著銳利的林投樹，一不留神，就會被長著倒勾的樹葉勾傷腿腳。

我們走到半山腰，冷不防和一大群野山羊碰個正著。牠們盤據在黑岩壁上啃食野草，步履輕盈地在山壁上跳躍。整群野山羊由一隻大公羊率領，母羊及小羊緊跟在後。據說這群羊是村裡所有人共同野放的，總共放了兩群，另一群盤據在滾水坪的臺地草原上。但是羊群已經野化得很厲害了，一看到有人靠近，全部一溜煙跑個精光，躲到大石頂部的山壁去了。

我們艱辛地沿著陡峭的小徑往上爬，爬到一片山壁，兩邊的巨石擋路，僅有中間留下一個縫隙供我們穿行。從縫隙中爬上去，就到山頂了。山頂上是一道風口，北風從這順著山勢往南吹，我們賣力地爬上風口，站在山頂上往下眺

望，山下大湖村的風光盡收眼底，東邊的大洋也彷彿近在咫尺，觸手可得；南邊是一片大草原，平坦而廣闊，上頭偶爾有幾叢矮樹，林投在草原邊緣架起一道樹牆。我們站在山頂，被這得來不易的開闊風景給震懾得說不出話來。

我們越過風口，順著緩坡下到了大草原上。草原上沒有道路，我們隨意地按著自己的心意在上頭奔跑。軟綿綿的草地上，還掛著昨夜的露珠，在葉片尖端閃爍著五彩的光芒。幾個野塘隨意地散布在草原上，清澈的池水裡有蝌蚪在游動，平坦的草地處處透露著一股安寧的氣息。再過去的邊緣，林投樹在那裡手拉著手築起了一道綠牆，那是南寮人翻山越嶺來此開闢的痕跡，種起林投來抵禦東北風的吹襲。如今人影已杳，林投仍存，彷彿被時光遺忘一般，永世站在這裡，替早期的開發史留下見證。

走過草原，越過了小溪澗，出了河口，我們來到一個幾乎沒有人煙的小村落。一小片紅土沙田出現在眼前，後方是幾間陳舊的咕咾石屋，斑駁的歲月被刻畫在長滿苔蘚的外牆上。田裡種滿了蕃薯藤還有落花生，整個小聚落被高大的林投樹所包圍。這裡是一個家族三兄弟居住的地方，對外幾乎沒有通路，僅

靠那塊紅色的沙田的出息來養家活口。

我們從小聚落的林投小徑間穿過，眼前總算出現了一片海灘。海灘上的景象令人吃驚，原來所有人都趁著大潮過後，紛紛來此挖貝殼。整個灘頭擠滿了人，感覺整個大湖村的男女老幼都在這片沙灘上了。

這片沙灘因為潮水經年的搬運、堆積，形成一片東西向的狹長海灘，中間是一個小潟湖，高大的水莞花環繞著潟湖而生長，珊瑚礁海岸沿著潮水延伸出去，形成一片廣而開闊的潮間帶。

踩著細沙灘，我們加入了挖貝殼的行列。沙灘上早已被挖出許多的坑坑洞洞，像極了海龜產卵的沙洞。許多人忙著在坑洞中將貝殼沙挖出來篩過一遍，再放到小潟湖中淘洗，將貝殼給淘出來。海灘上人來人往，在沙上烙下密密麻麻的足跡，男女老少忙成一片，男生負責挖沙，婦女們則在潟湖中淘洗貝殼，小孩們則在潮線附近撿拾剛被沖上岸的貝殼。所有人都聚精會神在此尋找一粒粒多彩多姿的小貝殼。

我跟姊姊們在沙灘的邊緣，用手挖著雪白的細沙，翻找隱身其間的小笠螺

和小寶螺。這裡果然是所有人心目中的夢幻沙灘，隨手一撥，就能翻出成堆的小笠螺、小寶螺。小笠螺因為風化的緣故，原本明亮的黃色褪成帶點褐色的色調，這樣的顏色，用於貝殼畫上，能顯出一種別樣的遒勁蒼遠；而雪白的小寶螺殼上分散著細小橫斜參差的紋路，透出一種華美貴氣。這些平時難得一見的小貝殼，在這片沙灘上成堆地出現，我們不亦樂乎地瘋狂將撿到的貝殼塞進布袋裡。

一旁水莞花下的沙堆，貝殼的藏量更是異常的豐碩。昨夜的潮水將貝殼攜帶來此安置，等候有緣人來撿拾。高大的水莞樹散布在整條海岸線上，小孩的身材很適合鑽進水莞樹叢之間的空隙，去撿拾裡面散落的貝殼，還有藏身其間的小汐蟹。

正午時分，高大的林投在海灘邊投射下一道清涼的陰影，提供所有人休息的去處。林蔭下大家吃著自己帶來的簡易午餐，稍做休整，等到日頭稍斜，最熱的時刻過去，所有人又要忙碌起來。

開始拉長的斜影吹起了午後工作的號角，所有人無不加快腳步撿拾所有舉

目能見的貝殼。小貝殼實在太多了，沙洞中挖之不盡，海灘上處處都是，這些全都是這片珊瑚礁海岸的特殊蘊藏，是大自然最神奇的恩賜。我們不停翻找著貝殼，手忙腳亂地撿拾著，午後的沙灘因而顯得更為忙碌熱鬧，下午悶熱的空氣也沒有絲毫阻擋挖寶人的熱情。雖然我們都被太陽曬得滿臉通紅，但我們都極為珍惜這得來不易的機會。

隨著時間過去，夕陽開始西斜，快要墜落進西邊大洋廣闊的海平面下，彩霞灑滿整個天穹，寧靜的海面上駛來幾艘歸航的漁船，我們的身影也披上橘金色的夕陽餘暉，拉長的影子似在提醒我們歸家的時刻到了。於是大夥兒非常有默契地開始收拾東西，踩著夕陽的餘光踏上歸途。

一行人在夕陽的注視下，魚貫踏過滿是碎石的野溪口，越過那道林投牆，行經大草原，再爬上風口時，天色已經黑，朦朧中，大湖靜臥在下方，僅餘模糊的輪廓。回家的路雖然有點遠，但是大家背著滿滿一袋的小貝殼，胸臆裡是飽滿的踏實感，陡峭的碎石路，走起來似乎也沒有那麼艱辛了。

第十七章　王爺公

蔡家的佛桌上頭，供奉著一尊黑面王爺公——大湖村裡凡是大大小小的問題、疑難雜事，都習慣來請王爺公開示。純樸的年代裡，凡是人力無法企及的，往往需要神明的庇護，而人心，也確實由此安定。蔡家的王爺公，是大湖村所有人的精神寄託，而蔡爺爺，正是祂的乩童。

父親告訴我，早期的大湖村很不平靜，經常在夜裡發生一些奇奇怪怪的事——公雞會在夜裡亂啼，人們會聽見奇怪的聲響，鹿舍裡總有不明凌亂的痕跡。而小孩們也不平安，經常生病、早夭。這些靈異現象使得大湖人心惶惶，不可終日，於是村裡長者們聚集在一起開會討論之後，終於想到辦法——從東港祖廟請來王爺公的分身，再請高人法師前來此地鎮壓作祟的魑魅魍魎。

從東港請來的大法師，大家都稱他「囝仔仙」，果然很有幾分本事。據說，當他千山萬水終於跋涉到了大湖時，便立刻察覺氣氛不對，整個村落陰氣森然。「囝仔仙」心中了然，立刻作法打開天眼，一看之下不得了——整個海岸從尾湖仔到澳仔邊全都是密密麻麻的孤魂野鬼。如此人鬼混雜，死者不能安息，生者也無法安生，也難怪當時的大湖靈異事件鬧得非常厲害。

根據村裡的長者回憶，之所以會有這麼多孤魂野鬼，是因為在日據時代末期，當時太平洋戰爭打得火熱，美國從小島的東邊飛過，去追擊日本的飛機，而回程時，順手往島上扔了幾顆炸彈，因此炸死了尾湖這邊幾位村民。另外由於日軍有幾艘軍艦在綠島外海被擊沉，那些淹死的日軍亡魂，便一群群游上大湖，盤據在海岸邊，猶不肯安息。

終於從「囝仔仙」口中證實了大湖村不安穩的揣測，原本抽象的恐懼便登時具體起來，使得村民更加恐慌，紛紛祈求大法師能夠替大家解決問題，綏靖地方。「囝仔仙」思索了良久，決定要安碑驅鬼，再請來神明鎮煞，替陰陽劃下道來，人鬼各安，從此不再互相驚擾，地方得保安寧。

驅鬼的第一步便是安碑。「囝仔仙」在阿眉山半山腰處，一手拿著羅盤，一手掐算著天干地支，口中喃喃念著法訣，最後定在了一處可以眺望整個大湖村的地方——此地地勢開闊，又是向陽坡，靈氣充沛，根據「囝仔仙」的說法，乃是山脈靈氣的匯聚點。位置挑好了之後，依慣例還是由「囝仔仙」來擇定立碑與開光的黃道吉日。

立碑與開光訂在了同一日，到了當日，所有村民動員起來，一起將那塊沉重無比的刻著「南無阿彌陀佛」紅字的大石碑給運上山去。石碑一運至定點，隨即在「囝仔仙」的指引之下，被恭敬且謹慎地放置好；石碑安放之後，旋即由「囝仔仙」對其開光。所有的村民都恭謹地站在法師身後，手持清香，眾人的誦念如香煙冉冉升上天際，彷彿能達天聽。而隨著「囝仔仙」朱筆點在石碑之上，天際如有道道清氣落下，彷彿回應村民虔誠的心願，佛祖真的駕臨此地——村民誦經越繁，衷心地祈求祂能照看這塊土地，鎮住一切邪妄魑魅。

有了佛祖坐鎮大湖村後，第二步便是驅鬼——眾人按照法師的指示，製作了許多白色的招魂幡，綁在青竹上，由村裡德高望重的老者執著，跟在法師後

頭。法師在前方敲鑼念咒，從尾湖仔開始驅鬼的儀典。在施法期間，全村的門窗必須緊閉，以防鬼魂竄入，所有的村民也需跟在隊伍後頭，誠心焚香祈拜。大法師領著眾人自尾湖仔驅鬼，一路將鬼趕到廁仔寮溝，再到大湖村，村頭村尾繞了一圈，然後從澳仔邊順著那塊巨犬大石越過珊瑚礁岸，直往滾水坪去。

滾水坪那頭是個略為凹陷的小湖地，那些遊魂野鬼最後的聚集地就在那裡。驅鬼的隊伍隨著法師來到滾水坪後，法師便開始了最終的儀式。緊湊的銅鑼聲、喃喃的咒語，繚繞的香煙隨著海風吹散在滾水坪的海灘。法師祭起最後的科儀，一鼓作氣將鬼魂自林投小徑趕入湖中，再以符咒封印住了這片海岸林，從此劃開陰陽兩界，人鬼不驚。儀式完成之後，大家在沙灘上燒化冥紙，安撫遊魂。

回大湖的路上，「囝仔仙」特別交代，眾人須得寂靜無聲，亦不能回頭望，以免孤魂野鬼再度跟回來。趕鬼的儀式持續了整整兩、三日，直到村裡的孤魂野鬼完全被封印在滾水坪為止。自祭典結束後一個月內，滾水坪生人勿近；即便是過了一個月之後，法師也交代，盡量在白天時過去，如非必要，晚上千萬

不可過去，因為那裡封印了全大湖所有的鬼魂，儼然已演化成一個極陰之地，濃厚的陰氣使得滾水坪猶如鬼域死國。

雖然立了佛碑，也驅除了鬼魂，但村中仍需要一尊正神來鎮守、保佑大家。因此大家聽從「囝仔仙」的建議，從東港的東隆宮請來黑面王爺的分身。黑面王爺成神前，乃是百戰沙場的勇猛武將，地方上希望藉由祂的赫赫神威，來保佑這天涯海角獨立一隅的小村落，得享太平，安居樂業。

請神的工作極為繁複隆重，由「囝仔仙」親自領著村中得力的人前去東港，需焚香祭祀後，將請神的需求上傳天庭，再擲筊決定，等到三聖筊取得黑面王爺首肯後，才能將開光後的分靈帶回大湖。神靈請回大湖之後，必須有桌頭法師、乩童來輔佐——所謂「桌頭」乃是神明的翻譯官，王爺降臨時，乩童口吐神語，普通人聽不懂，需得由桌頭翻譯出來，讓問神的民眾瞭解，到底是犯什麼天條。

一般人當然無法擔當起「桌頭法師」的角色，需得由「囝仔仙」從村民中挑出具有資質慧根者，加以訓練過後，才堪擔此大任。「囝仔仙」先公布了擔

任桌頭需具備的基本條件之後，再詳細地端詳過村中每位符合資格的成年男子後，從其中挑中了父親及另一位村尾的叔叔。

根據父親的轉述，法師的訓練課程，首先要先教導桌頭法師聽懂乩童的語言。乩童在傳達神諭的時候，語言隨時會變，需注意他的音階變化，才能從中捕捉到神的旨意。其次就是請神，請神就是「觀佛」，有一套繁複的咒語，需由桌頭法師牢記於心，要是念錯了，請神的呼告無法上傳天聽，自然無法請到神祇降臨，無法降神的情況之下，乩童自然也無從傳達起神旨。所以要是在請神時，第一次請不到，就需要重複咒語，直到神臨為止。

熟悉了請神的步驟之後，接著就是要熟記各類科儀的符咒，舉凡淨身、收驚、驅鬼、鎮宅、驅邪……等等都需要符咒。這些符咒都一一由「囝仔仙」傳授給村裡的兩位桌頭法師。

有了桌頭法師以後，再來就是要找到王爺公的乩身了——黑面王爺公抓乩童是村裡的大事，為表隆重，由「囝仔仙」挑定吉日後親自主持。

抓乩童當天，法師在焚香告祭天地過後，將黑面王爺慎重地請上神轎，神

轎兩個抬柱，分別由前二後二總計四人抬著，全村所有的青壯男人都要參加抓乩童的儀式；女人因為有月事的緣故，會沖煞了正神，所以需要避諱，不能擔任乩身，只能在一旁圍觀，連神轎都不能碰觸。

隨著抓乩童的儀式正式開始，「囝仔仙」在前，兩位桌頭法師緊跟其後擔任助手。「囝仔仙」先手持三炷清香祭神，再以符咒貼住神轎四周，防止邪祟入侵，便開始念起請神的咒語，請來黑面王爺公降臨，親自指定乩身，抓出乩童。

隨著「囝仔仙」手中符咒一張一張的燃盡，咒語一遍又一遍的念誦，四人抬著的神轎文風不動，絲毫沒有任何反應。任憑「囝仔仙」聲嘶力竭的念誦咒語，一而再地祈請黑面王爺公降臨，神轎就是一動也不動，堅定的一如海邊恆常站立的礁石。一整天下來，換過好幾組人來抬神轎，卻都不是王爺公要的人，直到靠近傍晚時分，請神的儀式才不得不停下來，因為夜晚降臨，諸神各自歸位，再請也是無濟於事，只好等到隔日再請。

第二天，村裡眾人早早便在吉時前聚集好，等著抓乩童的儀典。黑面王爺公的乩身乃是頭一等的大事，全村男女老少沒有人敢等閒視之，皆屏息翹首以

待。假如今天還是抓不到乩童，儀式便會一直持續下去，直到王爺公欽點乩童人選為止。

吉時一到，「囝仔仙」先持香誦咒，向東方的天空祭告上天，請諸神降臨、請黑面王爺公的正身降臨大湖村。此時東方的天空出現五彩的光明，看起來就像祥瑞之兆籠罩著天際。法師一見此異象，非常滿意地點點頭，便接著引導之後的儀式。

鑼聲咒語再起，抬神轎的人，持續在王爺轎下扛著，在持續了整整一個小時之後，和熱鬧的人群、香煙及誦咒聲成反比，轎身依然無動於衷，彷彿冷眼旁觀。於是法師再點了村中年紀稍長的一撥人上來抬神轎，這時，在法師的咒語聲及鑼聲之中，轎身開始抖動起來，先是隱隱約約，到後來越來越激越昂揚。四個人壓不住神轎的甩動，忽上忽下，忽左忽右，整個神轎突然一百八十度旋轉起來。「囝仔仙」見狀，立時吹起牛角號，低沉的號角聲響徹每個人的耳際——

這是在迎神！王爺公終於降臨了！

隨著神轎的晃動幅度越來越激烈，四名大漢被神轎牽引著團團轉。忽然之間，蔡家的叔叔突然歇斯底里地倒在地上，不住地扭動著身體，身體也隨著不停地顫抖，口中念念有詞，到後來，更是連上衣都被扯掉，光著膀子，在地上不停滾動著。

「囝仔仙」見狀，上前將蔡叔叔扶起，將他攙扶到神桌前。只見蔡叔叔站在神桌前緊閉雙眼，身體不住地抖動著。圍觀的眾人心中雪亮，王爺公附身了！

此時法師立刻將轎上的黑面王爺公金身請上神桌，就擺在神桌的正中間，面對著乩童。乩童與金身一打照面，冷不防乩童突然大發神威，用力一敲神桌，那力道之大，讓神桌差點散了架。乩童再雙腳用力一蹬，以一種輕巧的姿態躍上神桌，眾人還沒來得及反應過來，他又突然從神桌之上滾了下來，嚇得所有村民皆倒吸了一口涼氣。

「囝仔仙」舉起放在桌上的神劍，鋒利的刀鋒折射出一道銳利的光芒，直刺人心。「囝仔仙」短暫地誦咒過後，一口符水噴在劍上，再將神劍交給了乩童。

乩童接過神劍，竟是看也不看，直接往背後甩了過去，在眾人驚訝的目光

之中，迅速地連續砍了自己四、五刀，才停下來。此時乩童的背後已經是鮮血直流，「囝仔仙」再立刻對著乩童的背部噴了一口符水，再將那顆布滿尖刺的流星鎚遞給乩童——乩童一接手，便毫不猶豫地將流星鎚往自己的背部猛擊。那顆滿是尖刺的流星鎚牢牢釘在他的背上，鮮血順著他的背潺潺流下。眾人都是純樸的鄉下人，何曾見過這樣慘烈的場面，無不被驚呆了。

「囝仔仙」見狀，連忙安撫眾人，告訴大家，這是王爺公的真身降臨了——王爺公百戰沙場，勇猛無雙，所以脾氣也是暴烈非常，這就反映應在乩童身上，現在的乩童，脾氣一如王爺公暴躁，是無懼刀槍的。

終於請來王爺公，抓到了乩童人選之後，接下來便是退神的儀式了。

「囝仔仙」念起持咒誦經，喃喃念誦一番之後，突然一把抓起放在香案上的牛角號，鼓起雙頰用力吹起。隨著「囝仔仙」的吹奏，號角聲由高亢嘹亮漸漸轉入低沉，周遭眾人也隨著號角聲低垂而俯首。低沉若嗚咽的號角聲徘徊在眾人之間，恍若神靈離去重重踩踏的步伐。

一番吹奏過後，「囝仔仙」放下號角，口含一口符水，用力吹向乩童背後，

噴在那顆流星鎚之上，符水和著血水一起淋漓地流下。也不見法師有什麼動作，那粒嵌入乩童肉身的流星鎚竟然很自然地滑入法師的手中——王爺公退駕了。

新的王爺公分身——乩童產生後的第三天，就要舉行過火儀式。

過火的儀式選在三天過後的下午時間。

當天全村的人都聚集在海邊的沙地上，「囝仔仙」預先吩咐好村裡的年輕後生在沙地上燒起一堆木頭。烈焰在海風的作用下竄得很高，很快將木頭給燒成了一堆火炭。法師見木頭皆已炭化之後，便吩咐村民們將炭堆掃成兩道，中間鋪上木炭，排成一條炭道。烏黑的炭道，兩側鑲嵌著冒著鮮紅火舌的木炭，溫度微微舔上圍觀眾人的臉上。過火的儀式已經準備就緒。

「過火」是一種驅邪納福的儀式，需要法師先開壇作法請來神明降乩。「囝仔仙」先燃起香燭，再持咒誦經請神；在香煙裊繞中，一旁的乩童開始有反應了——王爺公的真身降臨了！

這時只見乩童閉眼，微微搖頭，一手拍在香案之上，抄起利劍就往自己背

部砍了好幾刀。「囝仔仙」見狀，一邊誦咒一邊到乩童身前，將乩童引導往火炭堆前進，並示意後方抬神轎的幾人跟上。於是法師在前引導乩童，後方跟著神轎，村民男女老少排在神轎之後，準備開始今天的過火儀式。

「囝仔仙」一邊誦咒，然後將粗鹽撒在炭火堆上，引導眾人繞行火堆一圈。隨著他不斷念咒，也有人在一旁吹響牛角號，高亢嘹亮的號角聲，混合著咒語聲，像是要將眾人的祈願傳達天聽，直達眾神。繞行結束之後，法師接著敲起銅鑼來引導隊伍。

在銅鑼聲中，「囝仔仙」不疾不徐地第一個走過火堆，乩童緊接其後，再來是王爺公的神轎，最後則是村民依序走過火堆。村民們雙手合十，赤腳虔誠地跟著王爺公一一踏過火堆。夾道的火炭溫度隱隱傳至腳下，如太陽曝曬過後溫熱的沙灘；竄升的熱氣與煙燻燎所有村民，彷彿燃去一切邪祟不潔。

整場過火儀式繞著炭堆總共走了三圈，也就是過了三次火。整個儀式在「囝仔仙」滿意的眼神中結束，所有人都平安回到家中。

村裡自從立碑驅鬼，再請來黑面王爺公真身蒞臨之後，整個大湖村平靜了

許多。黑面王爺公靈性無比，有時候，會突然降臨發乩，示下神旨，指示眾人趨吉避凶。這類的預言，大家莫敢不從——譬如有一次，在例行的拈香祭拜時，乩童突然開始起乩，王爺公真身神臨，指示今年農曆八月十二日那一日必須得封港，所有船隻一律不准出海作業。

大家心中雖然大惑不解，最近風平浪靜，好端端地為什麼要封港呢？但是礙於神旨已下，沒人敢違抗，所以到了前一日，大家準時地將船隻駛入港口，並確實拴好，靜待八月十二日的來臨。

到了八月十二日當天，一早還是萬里晴空無雲，海面更是連一絲波浪都沒有，光滑的如同一面鏡子一般。村民們一早便好奇地到澳仔旁觀測海相，見到海相如此，紛紛大惑不解。但是時間一過午，突然遠方海平面上以迅雷不及掩耳的速度飄來一大片暴風雨，幾乎在幾個呼吸之間就變了天，陽光全部被遮去，海上揚起幾層樓高的巨浪——這時大家心中一陣後怕，若非神諭提前示警，現在恐怕很多船隻還在海上作業，那結果……大家連想都不敢繼續往下想了。

眼見王爺公如此靈驗，所以村民的疑難雜症，就統統都來請示王爺公。在這個封閉的小村之中，王爺公就像撐起一方天地的支柱，撐起所有村民的信仰。

要請示王爺公，須得經過「問神」。問神，是民眾請示乩童，獲得允准後進行的儀式，只能在夜間進行。

這天廟裡來了兩位苦主，經過乩童擲筊之後，得王爺公恩准，賜予神諭。問神的儀式，從傍晚六點開始，桌頭法師先誠心焚香，祈請王爺公降臨。只見他手中符咒在燭火上一繞，即刻被點燃；他再念起請神咒語。乩童坐在一旁，問神的苦主站在桌頭法師的身後。等到桌頭法師誦了十分多鐘的咒語，在香煙繚繞中，符紙灰翩然落地時，乩童動了——他開始全身顫抖搖晃，一開始幅度還不甚大，到後來越晃越劇烈。

然後乩童站了起來，腳踩七星步來到神桌旁，雙手突然用力「啪」地直接拍在神桌上，接著便不斷拍打著神桌，發出聲響。一時間，神威赫赫，眾人被這奇異的聲音所懾，皆沉默不敢多話。

此時桌頭法師開始念道：「恭請王爺公降臨！弟子有事祈求！」

聽見桌頭法師的聲音，乩童回頭，眼睛半閉，對著桌頭法師點了點頭。

桌頭法師得了神明恩允，轉頭示意後方苦主上前回話。第一位苦主上前來，語帶哽咽地對著乩童道：「信男家中的爺爺，最近久病不癒，而且說話語無倫次，請王爺公幫幫忙！」

乩童半閉著雙眼聽完他的敘述，頓了一會兒，忽然開口，語氣夾帶一股極重的鄉音道：「風中殘燭、山峰崩跌、飛越的駿馬、白日將盡……」一旁桌頭法師聽了之後心中了然，趨上前去，細聲安慰苦主，神明說爺爺來日不多了，請他們克盡孝道，讓爺爺好好走完最後一程。苦主聽完之後，直接掩面痛哭起來，在別人的攙扶下，踉蹌地走出神壇。

接著第二位苦主上前來回話——他的家中小孩最近每日半夜必驚醒哭鬧，白日裡食慾不佳，整個人消瘦了一大圈，瘦到肋骨根根分明。乩童聽完後，據在神桌上，搖動十指算了一算，回道：「祖先回門、不安於地、濕濕露露……」桌頭法師翻譯神諭，告訴苦主，這是你家的祖先回來，摸到小孩了。祖先的墳墓浸水，不得安生，必須得立刻撿骨遷葬！

眾人一聽，心中一悚。苦主得了解法，連忙去了。

桌頭法師看到今晚來問神的問題皆已解決後，便持咒作法退駕，結束這場問神的法會——這是自「囝仔仙」離去之後，首度由村裡的桌頭法師、乩童獨力主持的問神法會。能夠親自將王爺公聖駕請來，證明了村中的桌頭法師及乩童，已經具備牧養這一方村落的能力，也令所有村民們拜服不已。

此後黑面王爺公成為了村裡信仰的中心，替人們排解一切人力所未逮的事物，橫跨生死幽冥，安頓民心於瘴癘水火之間。祂替生者排解疑惑，也替死者引道，凡大湖村中的喪禮，包含出殯、埋葬、安靈、驅魔等，皆須仰賴王爺公來主持。村中每逢有人去世，便由全村的人一起幫忙於隔天出殯。出殯時，由桌頭法師及乩童共同負責作法指引亡魂，事後喪家也要做足七天的法事，家中才算乾淨。而主持這些繁瑣的科儀典律，全都是桌頭法師與乩童共同的義務。

神職，是上天的旨意。乩童、法師皆領受天命應運而生。領天命者，相當於奉神旨辦事，須得心靈純潔，心思坦蕩，方可得神明信任，借用浩浩神威來替天行道。心思不正者，必定被神明所厭棄，所以大湖村的桌頭法師、乩童，

都是神明欽點而出，人品欽崎磊落者。也因為透過他們將自己奉獻給天道，大湖村才擁有在那個蒙昧的年代，繼續走下去的動力。

有他們的犧牲奉獻，王爺公的香火鼎盛，日夜都受到村民敬仰。而一方小廟，就是庇護一方小村的堅實結界。而黑面王爺公，也將世世代代地保護著村中每一位子民。

第十八章　阿眉山頂

登山

阿眉山頂，沒有雲霧繚繞，只有野芒花開時，才會如雪覆蓋住整座山頭。那是島嶼的最高處，人煙罕至，只有阿眉山恆常地俯瞰著整個大洋。小島在這個年代裡，各姓的聚落已經散布在每一個能居住的海灣，終日與大海還有沙土地搏鬥，力求基本的溫飽。從來沒有人注意到阿眉山頂的事，那裡始終被神祕的氛圍所環繞，它的故事被埋沒在那些從無人說起的歲月之中。

基於某些不為人所知的原因，老阿婆一個人住在阿眉山頂。山頂住著的婆婆，靠著蕃薯與落花生，過著寂寥忙碌的生活。下方蜿蜒曲

折的梯田，就是狀元地。纍纍金黃的水稻成熟時，西南風會把稻香給吹上山顛，雖然只有幾百公尺的高度落差，但野芒包圍了山頂，把來自下方狀元地的稻香給攔阻了，所以山頂的人，是無緣得聞那成熟飽滿的稻香味的。

阿眉山頂沒有經年的雲霧繚繞，但在冬季來臨時，卻能第一個就感受到東北風吹襲。季風像是神明對四季降下的準確註腳，經年從不間斷，從遙遠的彼方帶著神祕的訊息，穿過廣袤無垠的海面時空，翻越了我們無法查知的年代距離，每年準時來訪。在那個迷信的年代，信仰及謎語就隨著東北季風降臨在阿眉山頂。

我第一次去看婆婆，是在一個夏季的午後。

父親拿了一些飛魚乾，還有幾隻醃得奇鹹無比的馬鰛魚，分別用月桃葉包了起來，放在竹籃裡，再用一根老竹竿挑在肩上。右手壓著竹竿，那是農夫挑物時熟悉的身姿，我跟著父親的背影，午後爬在泥濘的小徑上。昨夜的一場雨，讓泥水織出一條更彎曲濕滑的小道，路旁矮小的灌木也不時伸出枝枒來阻撓我們前進。我們艱辛地拔腳前進，褲腳上滿是黃泥。

午後炙熱的陽光，灑在泥濘的山道上，熱氣夾雜著水氣從地面蒸騰而上，燻得讓人汗流浹背。小道夾徑的茂密灌木叢，遮蔽了所有空氣的流動，我們濕漉漉的身影拖著緩慢的腳步行於其間，直至山麓之下，那股如影隨形的悶熱感始終相隨。狀元地的梯田此刻正處於收割之後的寧靜，偶爾傳來幾聲蛙鳴打破靜謐，田埂上的雜草隨著南風的吹拂，彎腰點到梯田的水面上，草尖是小蜻蜓落腳歇息的所在。這裡彷彿遺忘了農忙時節的紛擾，安靜進入歇息，等待下一季的耕種。

阿眉山是整座島嶼的最高峰，沒有路能夠直通山頂。南邊水源地的原始雨林累積了數代的繁盛，蔓藤枯枝層層疊疊，野生的螞蟥盤據了整座森林，在清涼多雨的時刻蟄伏在陰影裡伺機吸取動物血液，沒有人敢從這片雨林穿越。清澈的湧泉就是自蓊鬱的森林間流出，滋潤了整片狀元地。湧泉就是阿眉山的神賜，讓大湖的居民有水田可耕種、有稻米可溫飽。所以大湖人景仰又敬畏阿眉山，很少攀越這座神山，高聳的山頂儼然是不可逾越的神境。

狀元地舊田的另一邊，阿眉山的水源又從這裡神奇地分流出另一道涓涓細

流，灌溉著另外幾塊梯田，同時也把剩餘的泉水流入尾湖仔，形成一道高掛在崖壁上的細長飛瀑。要上阿眉山頂，必須從這裡開始，但是也沒有小徑可以直通，只有比人高的粗壯野芒，蔓生的管莖遍布大山的東側，夾生著層層疊疊的灌木叢，形成一片粗獷的野地。夏天正是野芒的生長季，粗大的葉片兩側如刀鋒般銳利，很容易割傷人。所以我們必須學習野生動物一般，弓身鑽進野芒莖管底部，避開上方鋒利的葉片。我們父子倆一前一後的匍匐前進，在密不通風的芒莖之下，順著山脊的稜線爬上山，在腳底壓出一道僅有輪廓的野徑。

爬了不知道多久，我看見頭頂原本直射的陽光角度變斜，野芒也變矮了——這是山頂北風的傑作，半個人高的芒莖覆蓋在山腰上，我們只能用力踩踏出一條小路出來。這裡的矮灌木叢經過季風長年的淬鍊，堅硬的頑固枝椏盤據整個山頭，宛如最天然的路障，不斷妨礙我們前行。所以我們不得不繞開灌木叢，不斷翻來覆去地找路，從灌木叢間隙間穿過。走了許久，山頂終於出現在眼前。

眼前是一片低矮的野芒，間或夾雜著一些矮灌木叢，覆蓋在略平緩的山頂

上，野地裡有幾分蕭瑟的寧靜。站在山頂環視周圍，舉目可見盡是一大片湛藍的海洋，包圍著這座島嶼，阿眉山腳起伏的丘陵延伸進海裡，變成鑲著綠色藻礁的美麗海岸線。此時太陽更斜，陽光也隨之柔和，將海面照得閃閃生輝，一切都如此平靜美麗。我第一次站上神山山頂，向下俯瞰這座生養我的小島。

婆婆

我與父親沿著山頂東側的小徑，來到了一個小山坳。一棵大榕樹下依偎著一間簡陋的小茅屋，屋頂正是由野地裡的芒草所做，四周也圍起粗粗的芒管。屋前散布著幾塊種滿蕃薯藤的翠綠田地。這裡四周的原始林擋住強勢的東北季風，隔絕出一塊小天地來。

父親上前，輕輕敲了茅屋簡陋的木門，呼叫著婆婆的名字。

在靜默中，沒有任何聲息傳來。此時的茅屋，應該是空無人煙。

於是父親放下了肩挑的竹籃，吩咐我在茅屋前等候，他便獨自一人往田埂

邊走去，一邊走一邊喊著婆婆的名字。

就在此時，叢林的另一邊傳來了回應。一位駝背衣衫襤褸的老婆婆從樹林中蹣跚而出，搖著瘦弱的身影，慢慢走向茅屋而來。

婆婆見了我跟父親，滿是皺紋的臉上笑了開來。父親也連忙上前打招呼，他們邊寒暄邊往茅屋走來，待他們走到茅屋前，婆婆笑著推開那扇斑駁的木門，引我們進入茅屋之中。

我們父子隨著婆婆走進了茅屋裡。她興奮地坐在簡陋的竹床上。低矮的茅屋裡，空氣帶了一點霉味，被煤油燻得烏黑的屋頂，像深邃的夜空，散發出一股神祕的味道。我偷偷瞧著婆婆，她滄桑的老臉上爬滿了皺紋，缺了門牙的嘴一直帶著一種和藹的微笑線條，雙眼炯炯有神。可能因為她眼神的關係，我覺得她瘦小的身軀裡，散發出某種氣定神閒的優雅。

父親問她近來過得如何？她說，一個人獨居在此，生活雖然苦了一些，每天雖然只有蕃薯、土豆果腹，但生活儉樸，怡然自得，白天耕種，夜裡就超渡那些大海裡的亡魂。

我聽到這裡，心中愣了一下——原來婆婆也是法師。在島上，能跟眾神溝通的法師，無疑是島上地位最高的人了。父親似乎早就知道婆婆的身分，絲毫沒有驚訝地繼續和婆婆聊天，先聊大湖的近況，聊著聊著，聊起了婆婆的往事。

婆婆原本住在中寮村，擁有一個完整幸福的家庭，家裡在中寮溝仔有一片耕地，種滿了蕃薯和土豆，只要春天雨水豐沛時，便能收穫吃不完的蕃薯和土豆。農閒時，婆婆的丈夫及兒子是有名的漁夫，家裡還有一艘小動力船，冬天停泊在南寮港躲季風，春夏時就近停在中寮的澳仔裡，豐碩的漁獲，還可以分送給中寮村的人。婆婆平時除了耕種，有空時的夜晚，經常去王爺公廟裡幫忙，處理一些廟務。

婆婆天生體質特殊，是所謂「有天命」的人，可以跟眾神明溝通，並傳遞神明的旨意，所以擔任廟裡的桌頭法師。每逢全村慶賀王爺公生日時，婆婆都扮演了重要的角色。王爺公廟是全島最大的一間廟，除了節慶，平時問神的人也絡繹不絕。早期的農業社會，信仰是很重要的生活支柱，所以各村落的廟宇

和家中供奉的神明在生活中都扮演著極重要的角色，婚喪喜慶都要透過神明的旨意才能圓滿，眾神在島上無形地指引著所有生活的點點面面，一切不可知的事，皆要請神明開示。因此婆婆夜裡總是要忙到很晚，工作才能告一段落。

在春季的三月天，溫暖的季節裡，黑潮會帶著大量的洄游魚類靠近，鮪魚、鰹魚、鬼頭刀、雨傘旗魚等，紛紛準時地造訪，出海的漁船因而都可以滿載而歸。

但是春天的天氣非常不穩定，漁夫們在那個年代裡，僅能依靠觀察天象來判定天氣的好壞。但是因為春天收穫好，所以很多貪功搶進的漁夫往往會忽略天象裡細微的暗示，勇往直前航向黑潮，捕捉豐富的漁獲。

驚變

黑潮就從中寮村的外海通過。從中寮澳仔出海，約三十分鐘的船程便可抵達漁場。村民駕駛著澳仔裡幾艘小型動力船，趕在黎明稍微露出曙光之前，便

都在澳仔裡準備出海了。

婆婆說，那天的天氣，在微微的北風中，海浪相當平靜，但東邊的天際卻布滿了滾動的雲層，在初昇的陽光下顯得詭異且不尋常。雲層越滾越大，幾乎佔據了整個東方——有經驗的漁夫都知道，這是天氣異常的徵兆。

但禁不住春天豐碩漁獲的誘惑，許多漁人還是陸續出海了，而婆婆家的船也跟著駛出了澳仔。

清晨的天空在陽光的照耀下顯得平靜，只是東邊翻滾的雲層未曾散去，反而越聚越濃重，天色開始慢慢轉陰，空氣中的北風轉強，開始越吹越緊。

到了午後，天氣開始轉壞，強大的東北風挾著十幾級風勢呼嘯而來，掀起了巨大的浪頭，平靜的海面瞬間猶如沸騰一般翻動起來，黑潮不再平靜，滾滾的白色浪花在湛藍的海面上亂攪，看得人膽戰心驚。這一幕嚇壞了所有人，大家紛紛跑向中寮的澳仔，希望自己出航的親人能夠趕緊回航。

此時澳仔外已經掀起了層疊的巨浪，一波波湧向岸邊。澳仔內受到碎浪的侵襲，漂滿了白色的浪花，破碎的浪頭在大風的吹拂下，揚起漫天的水花。船

隻此時還是沒有半艘歸航，在澳仔邊等待的眾人，內心填滿了焦慮還有憂愁，雙眼一刻不離地盯著遠方海平面，希望能在浪花翻湧的海上，看見平安返航的親人。

等到下午時刻，南寮港那裡先傳來了好消息，幾艘中寮的船隻陸續靠岸到南寮港了。因為暴風來得突然，船隻沿著黑潮開進南邊風勢較小的南寮港內。到了晚上，幾乎所有的船隻都駛進了南寮港——除了婆婆家的船以外。

夜幕降臨，等不到歸航的船隻，婆婆家聚滿了前來關心的親戚朋友。她形單影隻的孤單身影呆坐在屋中朦朧的油燈下，寫滿了無助與不安，淚水在婆婆眼眶中打轉著，顯出她的徬徨與憔悴。夜裡親友們沒有散去，陪著婆婆等待最後的奇蹟。漫漫長夜中，多數時刻是無言以對的等待，屋裡只有忐忑的心緒，隨著微弱的油燈跳躍迴盪，沉悶的氣氛凍結在東北狂風的怒吼之中。

次日一早，北風稍歇，全島港灣內的所有漁船一齊出動，到海上尋找昨夜未歸航的漁船。大艘的動力船駛進黑潮，在外海尋找，較小的漁船則沿著島嶼近海處巡視，由北至南，繞行著整個島嶼做地毯式的搜尋，希望能找到失蹤的

船隻。所有的船隻在海上來回穿梭，從日出搜尋到日落，希望能找到尚未返航的船隻。

婆婆在心碎中等待著搜尋的結果，但其實她也心知肚明，機會很渺茫。親友們還是好言安慰著婆婆，但是在漫長的等待中，安慰的言語逐漸顯得蒼白無力，逼人的現實威壓而來，失望、悲傷逐漸覆上眾人的心頭。在幾日搜尋未果之後，大家終於放棄搜尋，事實已經很明朗了，再多的等待與期許終究成為徒勞。婆婆一人在家中，只有自己的影子陪伴自己，想到未來，不知道日子該如何走下去。這原本就是討海人家經常會面對的海海人生，如今只剩下自己，獨自走向蒼涼孤寂的未來。

問神

搜救未果之後，大家轉而求助神明。婆婆也無助地來到王爺公廟裡，在一片愁雲慘霧中，沉重的氛圍環繞著整座廟堂，只有神明面前繚繞的裊裊香煙，

陣陣飄上燻黑的廟頂，籠罩著神像肅穆的容顏，此刻似乎透露出一點悲憫的面相。所有人在沉重的氛圍中屏息，等待神明的指示降臨。

婆婆身為廟裡的管事，平時都是大家來向她求助問事，今天倒是自己成了苦主。她沉重地請來乩童，按著平日的程序，燃香向神明求告，家中那艘動力船還有船上的人員現在到底身在何方？

乩童緊閉雙眼，良久，口中才慢慢發出哀怨低沉的語調——他必須得到天庭查一查才知道。

所有人無聲地等待，空氣中瀰漫著一股既緊張又期待的心緒，時間似乎就這樣暫停下來，廟中的寧靜又充斥著某種不安的詭譎，亟待神明來消解這些災厄及疑問——一刻鐘後，乩童低下頭來，哀怨地告訴婆婆，那艘船在當天下午第一陣颶風吹起時，就被擊沉、支解，整艘船沉入地獄海中。船上的人員被海中的幽靈鳥吞噬了，全身濕漉漉地困在深海中，等待著救贖……

聽到這裡，婆婆崩潰了。

她淚流滿面地跪在王爺公的神桌前，連連磕頭，祈求王爺公能大發慈悲，

從深海中解救她的家人，不要讓他們連死後都不得安寧。

乩童聽完，用鎮定的語氣告知婆婆——地獄海是陰司，正神是無法深入去救人的。

婆婆再懇求王爺，問道，還有什麼方法可以救出她的家人？

乩童回道，島嶼東邊的大洋深不見底，在恆久的歲月裡，許多眾生沉入這個冰冷的地獄海中，被海水困住了靈魂。只有在深沉的暗夜裡，幽靈鳥才會帶著人類的靈魂，從海底飛回海面。群鳥在黑夜的海面上亂舞，直到天色一亮，又直接墜回海底，如此日夜往復循環，永無止境。地獄海也因為太平洋戰爭的緣故，數以萬計的海員沉入海底，累積了數不清的幽靈鳥群，無法超脫。若是想要拯救你的家人，你必須去往島嶼的極東之處，眾神居住的所在，從高處引導夜裡飛出的幽靈鳥飛往西方極樂，才能救贖你的家人。

婆婆聽完，良久一言不發。

島嶼的極東之地，就是睡美人。在傳說中，那裡曾是眾神途經綠島時駐足之地，許多神蹟如今還流傳在島民的傳說及心中，據說八仙過海時，就曾停留

於此。阿眉山是綠島最高的山脈，山脈的稜線往東延伸入海，與睡美人連成一體。在山頂上向下眺望，可以俯視整個太平洋，睡美人就安睡在山腳下——乩童所謂「踩著極東之地，俯視地獄海」，阿眉山頂就是最佳的引領之地。

婆婆沒有太多考慮，很快地心中已經有了盤算——不管如何，一定要救出自己的家人。

於是她一個人告別了所有中寮村的親友，收拾了簡單的行李，孤身一人沿著山溝裡的河谷小徑，開始了登頂的艱辛路途。茂密的原始雨林首先橫阻在前，因為是背風面，所以熱帶雨林生長得格外茂盛濃密，穿越雨林並無固定的道路，很多只是野生動物經常行走踩踏所留下的野徑，幾不可辨。婆婆憑藉著莫大的毅力，摸索著野徑，慢慢穿越熱帶雨林。當爬上半山腰後，是比人高的野芒管莖還有生長其間的矮密灌木叢，割人的芒葉與難以穿越的矮灌木，構成了這一段路上最艱險的阻礙。很難想像，當年一個柔弱的婦道人家，究竟是懷著何等的悲願，才得以穿越過那些重重的險阻，最終成功地登上阿眉山之頂？

為了觀測極東之地的睡美人和廣闊的地獄海，婆婆因此選在山頂東側的山

坳大榕樹下蓋起了現在這棟茅屋，同時也開墾了幾塊農地來滿足山上生活的日常所需食糧。

魂歸來兮

每個夜裡，她站上山頂東邊稜線，面向廣袤無垠的地獄海，手中持著招魂旗，在黑夜逐漸變深之際，東方海面上果然開始出現移動的黑點，越聚越多，越飛越高——來了，這是只有跟婆婆一樣有特殊眼神才能見著的，地獄海中的怨靈。

此時婆婆就會開始揮動手中的招魂旗，並念誦起地藏王菩薩本願經，一遍又一遍。那些黑點果然應婆婆的召喚而來，隨著黑點越飛越近，形體也逐漸清晰起來，那些幽靈鳥，原來是張牙舞爪的巨大黑色蝙蝠，不住地淒厲尖叫，盤旋在阿眉山頂上。

面對著這些形體可怖的幽靈鳥，婆婆面不改色，依然有節奏地念誦著地藏

王菩薩本願經，手中的招魂旗也跟著來回揮舞，不斷指向西方。鳥群似受到經文力量的感染指引，終於得到超渡解脫，開始逐一掉轉頭，往西方飛去，慢慢消逝在夜空之中。一次的指引、超渡，要耗去婆婆偌大的精神體力還有時間，婆婆的體能每晚只能負擔一次，當超渡儀式已盡，時間也過了午夜，婆婆只得回茅屋休息，結束當晚的工作。

在滿月的夜晚，島嶼上的星空萬里，格外靜謐。月光灑在大洋上，將海面照耀得宛如白晝，而地獄海中就會飄起數不清的燐光，在海平面上飛舞。躍動的燐光在海上群聚，不住扭動，彷彿在試圖掙扎著脫離大海冰冷的束縛。這些燐光，都是無法蛻變成幽靈鳥的怨靈，只能在海平面上掙扎著想要離開。

而在風暴來襲的夜晚，躍出海面的幽靈鳥，會被狂風巨浪給吹打跌入翻滾的地獄海中，然後破碎為燐光四散，沉入冰冷的深海裡。悲哀而淒厲的尖叫聲混雜著風雨聲，迴盪在無邊無際的暗夜長空之中。面對著這些不得超脫的燐光，婆婆站在山頂之上，任憑她如何念咒揮旗，也無法讓這些燐光得以飛升超脫，了不起只能受婆婆願力召喚，群聚到睡美人前方的海域，看了直叫婆婆辛

酸、不忍。

無助、不忍的淚水從婆婆雙頰直流而下——想到困在冰冷大海中不得解脫的親人靈魂，不知何時才能離苦得樂，眼前這數不清的怨靈，其中是否就有自己的親人呢？

一想及此，婆婆只得收拾起自己的軟弱及多愁善感——親人們還需要她，她沒有時間軟弱！

她悲憐地看著這些燐光，需要她的眾生，數以千萬，又何止她的親族而已？

所以晚課誦經，變成婆婆每晚雷打不動的日常。當黑暗籠罩山頭，僅餘茅屋中一盞孤燈映照著婆婆孤單的剪影，屋外偶有飛舞的大鳥，棲上榕樹的枝頭，遊魂感受到婆婆誦經的呼召，便會紛紛聚集過來。當婆婆感應到有眾生索願而來，皆會指引祂們前往西方世界。

黑暗

說到這裡，婆婆停了下來。

她告訴父親，剛到山上時，她一個人覺得非常的無助。每到天黑，這個山頂就會變得黑壓壓的，伸手不見五指。無邊的黑暗就會衍生出令人恐懼的想像，所以如何克服夜晚的恐懼，變成她每晚必須面對的事，更別說婆婆還得處理靈界眾生的事。假如一個人的心靈不夠強大堅定，那他就會慢慢被黑暗所吞噬；而一個人的心靈、精神越強大，在面對黑暗的靈界時，才不會輕易被黑暗所駕馭、吞噬。

跟神明溝通的狀況則不一樣——乩身能夠傳遞神明的旨意，這也是一種精神、心靈昇華的狀態。在靈魂昇華，短暫脫離肉體時，神明就會附身降臨，在個人無意識的狀態下，神明藉著人間的乩身軀體來傳遞旨意。因為是神旨，所以是神靈的語言，與凡界的語言有所不同，這才需要桌頭法師來聆聽神旨，並替凡人解答、開釋。

父親聽完以後，接著問婆婆，要如何才能戰勝黑暗的靈界呢？

婆婆聽完，沉思了一會兒，才慢慢說出答案。

靈界來自於黑暗。當太陽運行在大地時，整個世界充滿了光，因而五彩繽紛，人們在光線中感到安全，所以心靈的狀況因而趨向穩定。許多人類聚集在一起，又形成了更強大的集體力量。然而，當夜晚降臨，黑暗奪去了人類的視覺，黑暗中的一切變得未知、充滿了不確定，所以人類的心靈開始變得恐懼、脆弱。而恐懼啟動了黑暗靈界的力量，一切的恐懼、脆弱、不安，都使得黑暗中滋生的力量更加的強大，因而得以在夜色中覆蓋整個世界。

假如想要克服黑暗，就要先瞭解黑暗——黑暗的力量還是來自於人心，因為恐懼來自於心靈，假如能在黑暗中，依然保持一顆無所畏懼、堅定的心，讓精神趨於穩定，使自己不被黑暗所影響。而要保持穩定的心，就要靠平時的修練。修練的法門很多，念誦經典是一種最佳的方式。藉由經典中的信仰之力，讓黑暗無法撼動，並移除恐懼，使意志力壯大。因此不管白天夜裡，身在人群抑或孤身一人，只要心靈強大，便能無所畏懼。

婆婆一個人孤身居住在阿眉山頂，遠離人群，平日裡所要忍受的孤獨、寂寞是難以想像的，若非有著遠超常人的意志力及莫大的悲願宏誓，怎能每日都在山頂指引著幽靈鳥飛向西方呢？

婆婆也告訴父親，所有墜入地獄海的冤魂，一開始都在幾千公尺的深淵中，地獄海的力量將祂們鎮壓在海底，無法浮出水面，必須要經過一段時間的磨難之後，才能掙脫海底的束縛，從而躍出海面，才有可能接受到她的指引而超渡。

父親又請示婆婆，大湖自從東港來的「囝仔仙」來驅鬼立碑之後，地方也綏靖平安許多，再沒出現那些奇怪的事情。村民也從東港請來了黑面王爺公，抓了乩童。但是大法師臨走前有交代，夜間千萬不要去滾水坪，以免引來鬼魂作祟；而且滾水鼻面對險惡的地獄海，經常有抓交替的事情發生，也請村民少去那個地方捕魚，以避開死亡的威脅。不知道滾水鼻一帶海域的問題，到底有沒有得解決？

婆婆回答，她在夜間也時常看到滾水鼻一帶有許多飛舞的幽靈鳥，群鬼聚

集在那裡，可惜那裡已經偏西南太遠，她在阿眉山頂無法召喚那裡的亡靈過來超渡。因此，若不幸招惹到滾水鼻一帶的事情，還得靠村裡的王爺公廟來解決。

在那個迷霧一般的年代裡，小島孤懸海外，許多事情都處於一種蒙昧不清的狀態，敬畏鬼神已經成為日常生活的一部分，而人們，也格外依賴來自神靈的指引。有某些人，因為體質特異的緣故，感應能力超乎常人，能看見、感應到常人所看不見的事物，一般的「乩身」，指的就是那樣一類的人。婆婆身為中寮村王爺公的乩身，絮絮同父親傳授著自己多年來的親身經驗，有王爺公的加持、對黑暗世界的理解，還有獨居阿眉山頂對神靈更深層的感悟。婆婆彷彿已經化身成一部活著的信仰經典，詮釋著我們信仰生活的重心，刻畫出這個墾荒年代裡指引人心的所有道理。

我在一旁目睹著兩位老人的交談過程，落日餘暉灑在他們臉上，在蒼茫的阿眉山頂幻化出一片橘金色的幻境。此刻東邊的地獄海上，正準備迎接黑夜的降臨，睡美人已經在海面上，投射出極長的影子——歸家的時刻到了。

揮別婆婆，我與父親走在回村的路上，我的腦子裡裝滿了今天的所見所

為，那些關於靈界的、關於神明的，還有關於黑暗的。

我往後回望阿眉山頂，野芒高聳的管莖已經遮蔽住我的視線，看不見阿眉山頂，但我似乎可以想像，婆婆會在夜裡，再一次登臨阿眉山頂，念誦著經文，揮動著招魂旗，一遍又一遍地指引著那些可憐的亡魂，找到超渡的路……

後記

我在臺東出生長大，第一次回綠島已經是國中。二十餘年前的綠島自然風貌與現在差不了多少，那是我以為的綠島樣貌。

在成書的過程中，我才逐漸瞭解到原本的綠島，那個撫育父親成長的小島，原來在五十年前是另外一種風貌。當時島上茂密生長著熱帶雨林，在綠島的製柴魚工業的砍伐之下，綠島的山林地才演替成如今的樣貌。這些珍貴的綠島原始風貌，如今僅存在少數綠島長輩的記憶裡，無人書寫的話，再沒多久便不復記憶。

外人眼中的綠島，是白色恐怖，是關押「老大」管訓犯的地方。

我成長的過程，綠島用父親的腔調、阿姑準時寄來的魚粽、花生豆腐、飛魚乾，悄然滲透其中。我一直以為自己知道的比外人還多，在協助撰寫《狀元地》後，才知道自己其實什麼都不知道。四〇年代的綠島，是鬼魅與洪荒依然主宰之地，現實遠比今日艱難而殘酷，從父親處得知的掌故，尚有許多未曾收錄於書中，如擱淺的鯨屍、大湖人養豬宰牛等。

父親在三十歲左右，曾經以中寮為起始點，企圖書寫整個龐大的綠島移民墾殖史，雖然最後無以為繼，書稿也在搬家中遺失，畢竟是埋了一個念頭。等到我與他談起書寫綠島過往時，已經悠悠數十載又經過了。當時我與朋友去池上拜訪剛回臺東的馬翊航，他剛好要寄出申請國藝會補助的文件；我順口問了一些關於國藝會補助的問題，這些便是《狀元地》成書的濫觴。

成書的因緣，無非時機、人和，所有幸運的緣法，暗自同父親的生命軌跡相和，才催生出以「狀元地」為首，一系列大湖意象的書寫，父

親儼然親自建構起大湖早期墾殖歷史的面貌。狀元地的成書，昭示著當代綠島人總算在白色恐怖籠罩的面紗之下，發出自己的聲音，未必振聾發聵，卻是一絲只屬於自己的，不需要依附外來者的聲響。我們不再是面貌模糊的、只有在提到政治受難者時，被潦草一筆帶過的「當地人」。

《狀元地》的出版，終於滿足了父親身為老一代綠島人，親自為人生做好註腳的願望。我在長大後，返回綠島執教四年，在黑潮兩岸來回拉扯中，也終於確信自己這樣的外地孩子，對父親、對綠島始終是有意義的。透過文學，緊密織起綠島、父親、我。我也在書寫的過程，逐漸清晰透視家族歷史及父親生長的背景，使我終於能和綠島的血肉、形神相合。

感謝國藝會、臺東生活美學館、臺東大學華語系的萬象老師、齊儒老師及恕民老師、九歌出版社，感謝李義財大哥在成書過程中的鼎力協助，還有所有在成書過程中所遇到的一切人事。

九　歌　文　庫　1　3　2　3

狀元地

國家圖書館出版品預行編目（CIP）資料

狀元地 ／李基興、李家棟著 . -- 初版 . -- 臺北市：九歌，2020.02
面；　公分 . --（九歌文庫；1323）
ISBN　978-986-450-273-8（平裝）
863.3　　　108020833

作　　者——李基興、李家棟
內頁攝影——李家棟、李義財、歐陽文
責任編輯——張晶惠
創 辦 人——蔡文甫
發 行 人——蔡澤玉
出　　版——九歌出版社有限公司
臺北市 105 八德路 3 段 12 巷 57 弄 40 號
電話／02-25776564・傳真／02-25789205
郵政劃撥／0112295-1

九歌文學網　www.chiuko.com.tw

印　　刷——晨捷印製股份有限公司
法律顧問——龍躍天律師 ・ 蕭雄淋律師 ・ 董安丹律師
初　　版——2020 年 2 月
定　　價——340 元
書　　號——F1323
I S B N——978-986-450-273-8 （平裝）

本書榮獲 國家文化藝術基金會 National Culture and Arts Foundation 出版補助